Hoteli i drunjtë

木屋旅馆

Diana Çuli

[阿尔巴尼亚] 迪安娜·楚里 / 著

陈逢华 / 译

图书在版编目（CIP）数据

木屋旅馆 /（阿尔巴）迪安娜·楚里著；陈逢华译. —— 广州：花城出版社，2022.1
（蓝色东欧 / 高兴主编. 第7辑）
ISBN 978-7-5360-9367-6

Ⅰ. ①木… Ⅱ. ①迪… ②陈… Ⅲ. ①长篇小说-阿尔巴尼亚-现代 Ⅳ. ①I541.45

中国版本图书馆CIP数据核字（2021）第179077号

合同版权登记号：图字19-2019-039号
Diana Çuli, Hoteli i drunjtë
Copyright © 2011 by Diana Çuli
Published by Shtëpia Botuese Toena
All rights reserved

出 版 人：	肖延兵
丛书策划：	朱燕玲
出版统筹：	李倩倩　夏显夫　欧阳佳子
责任编辑：	许泽红　欧阳佳子
技术编辑：	凌春梅
封面供图：	子　夏
装帧设计：	棱角视觉 ANGULAR VISION

书	名	木屋旅馆 MUWU LÜGUAN
出版发行		花城出版社 （广州市环市东路水荫路11号）
经	销	全国新华书店
印	刷	恒美印务（广州）有限公司 （广州南沙经济技术开发区环市大道南路334号）
开	本	880毫米×1230毫米　32开
印	张	7.875　2插页
字	数	145,000字
版	次	2022年1月第1版　2022年1月第1次印刷
定	价	55.80元

本书中文专有出版权归花城出版社独家所有，非经本社同意不得连载、摘编或复制。
如发现印装质量问题，请直接与印刷厂联系调换。
购书热线：020-37604658　37602954
花城出版社网站：http://www.fcph.com.cn

木屋旅馆

目　录
CONTENTS

记忆，阅读，另一种目光（总序）/高兴 / 1
一场心灵回归之旅（中译本前言）/陈逢华 / 1

第一章　周日的意外 / 1
第二章　阿图尔·拉多瓦尼的讲述 / 14
第三章　马克斯 / 51
第四章　校长与米兰达·波伊斯卡的故事 / 80
第五章　德拉戈比山口的隐秘与泡沫四起的瓦尔博纳河 / 111
第六章　阿丽亚娜 / 163
第七章　这本书最后的陈述 / 168
第八章　莉莉、简·霍尔特及补充说明 / 195
尾　声 / 205

记忆，阅读，另一种目光

（总序）

高兴

昆德拉说过："人的一生注定扎根于前十年中。"我想稍稍修改一下他的说法："人的一生注定扎根于童年和少年中。"童年和少年确定内心的基调，影响一生的基本走向。

不得不承认，二十世纪五六十年代出生的人都有着不同程度的俄罗斯情结和东欧情结。这与我们的成长有关，与我们的童年、少年和青春岁月有关。而那段岁月中，电影，尤其是露天电影又有着怎样重要的影响。那时，少有的几部外国电影便是最最好看的电影，它们大多来自东欧国家，几乎吸引了所有人的目光，看那些电影的日子是我们童年的节日。在某种意义上,甚至可以说,它们还是我们的艺术启蒙和人生启蒙,构成童年最温馨、最美好和最结实的部分。

还有电影中的台词和暗号。你怎能忘记那些台词和暗号。它们已成为我们青春的经典。最最难忘的是《瓦尔特保卫萨拉热窝》。"'空气在颤抖,仿佛天空在燃烧。''是啊,暴风雨来了。'""看,这座城市,它就是瓦尔特。"简直就是诗歌。是我们接触到的最初的诗歌。那么悲壮有力的诗歌。真正有震撼力的诗歌。诗歌,就这样和英雄主义和浪漫主义,紧紧地连接在了一起。

还有那些柔情的诗歌。裴多菲,爱明内斯库,密茨凯维奇。要知道,在二十世纪七八十年代,读到他们的诗句,绝对会有触电般的感觉。而所有这一切,似乎就浓缩成了几粒种子,在内心深处生根,发芽,成长为东欧情结之树。

然而,时过境迁,我们需要重新打量"东欧"以及"东欧文学"这一概念。严格来说,"东欧"是个政治概念,也是个历史概念。过去,它主要指波兰、捷克斯洛伐克、匈牙利、罗马尼亚、保加利亚、南斯拉夫、阿尔巴尼亚七个国家。因此,在当时,"东欧文学"也就是指上述七个国家的文学。这七个国家,加上原先的民主德国,都曾经是以苏联为首的华沙条约组织的成员。

一九八九年底,东欧发生剧变。此后,苏联解体,华沙条约组织解散,捷克和斯洛伐克分离,南斯拉夫各共和国相继独立，所有这些都在不断改变着"东欧"这一概念。而实际情况是，波兰、捷克、匈牙利、罗马尼亚等国家甚至都不再愿意被称为东欧国家，它们更愿意被称为中欧或中南欧国家。同样，不少上述国家的作家也竭力抵制和否定这一概念。在他们看来，东欧是个高度政治化、笼统化的概念，对文学定位和评判，不太有利。这是一种微妙的姿态。在这种姿态中，民族自尊心也发挥着不可估量的作用。

但在中国，"东欧"和"东欧文学"这一概念早已深入人心，有广泛的群众和读者基础，有一定的号召力和亲和力。因此，继续使用"东欧"和"东欧文学"这一概念，我觉得无可厚非，有利于研究、译介和推广这些特定国家的文学作品。事实上，欧美一些大学、研究中心也还在继续使用这一概念。只不过，今日，当我们提到这一概念，涉及的就不仅仅是七个国家，而应该包含更多的国家：摩尔多瓦等独联体国家、立陶宛，还有波黑、克罗地亚、斯洛文尼亚、塞尔维亚、黑山等从南斯拉夫联盟独立出来的国家。我们之所以还能把它们作为一个整体来谈论，是因为它们有着太多的共同点：都是欧洲弱小国家，历史上都曾不断遭受侵略、瓜分、吞并和异族统治，都曾把民族复兴当作最高目标；都是到了十九世纪末二十世纪初才相继获得独立，或得到统一，第二次世界大战后都走过一段相同或相似的社会主义道路，一九八九年后又相继走上了资本主义发展道路；之后，又几乎都把加入北约、进入欧盟当作国家政策的重中之重。这二十多年来,发展得都不太顺当,作家和文学都陷入不同程度的困境。用饱经风雨、饱经磨难来形容这些国家,十分恰当。

换一个角度,侵略,瓜分,异族统治,动荡,迁徙,这一切同时也意味着方方面面的影响和交融。甚至可以说,影响和交融,是东欧文化和文学的两个关键词。看一看布拉格吧。生长在布拉格的捷克著名小说家伊凡·克里玛,在谈到自己的城市时,有一种掩饰不住的骄傲:"这是一个神秘的和令人兴奋的城市,有着数十年甚至几个世纪生活在一起的三种文化优异的和富有刺激性的混合,从而创造了一种激发人们创造的空气,即捷克、德国和犹太文化。"[1]

克里玛又借用被他称作"说德语的布拉格人"乌兹迪尔的笔为我们描绘了一个形象的、感性的、有声有色的布拉格。这是一个具有超民族性的神秘的世界。在这里,你很容易成为一个世界主义者。这里有幽静的小巷、热闹的夜总会、露天舞台、剧院和形形色色的小餐馆、小店铺、小咖啡屋和小酒店。还有无数学生社团和文艺沙龙。自然也有五花八门的妓院和赌场。布拉格是敞开的,是包容的,是休闲的,是艺术的,是世俗的,有时还是颓废的。

布拉格也是一个有着无数伤口的城市。战争、暴力、流

---

[1] 见伊凡·克里玛:《布拉格精神》,崔卫平译,作家出版社,1998年,第44页。

亡、占领、起义、颠覆、出卖和解放充满了这个城市的历史。饱经磨难和沧桑，却依然存在，且魅力不减，用克里玛的话说，那是因为它非常结实，有罕见的从灾难中重新恢复的能力，有不屈不挠同时又灵活善变的精神。如果要用一个词来形容布拉格的话，克里玛觉得就是：悖谬。悖谬是布拉格的精神。

或许悖谬恰恰是艺术的福音，是艺术的全部深刻所在。要不然从这里怎会走出如此众多的杰出人物：德沃夏克、亚那切克、斯美塔那、哈谢克、卡夫卡、布洛德、里尔克、塞弗尔特，等等。这一大串的名字就足以让我们对这座中欧古城表示敬意。

布拉格如此，萨拉热窝、华沙、布加勒斯特、克拉科夫、布达佩斯等众多东欧城市，均如此。走进这些城市，你都会看到一道道影响和交融的影子。

在影响和交融中，确立并发出自己的声音，十分重要。不少东欧作家为此做出了开拓性和创造性的贡献。我们不妨将哈谢克和贡布罗维奇当作两个案例，稍加分析。

说到捷克作家哈谢克，我们会想起他的代表作《好兵帅克》。以往，谈论这部作品，人们往往仅仅停留于政治性评价。这不够全面，也容易流于庸俗。《好兵帅克》几乎没有什么中心情节，有的只是一堆零碎的琐事，有的只是帅克闹出的一个又一个的乱子，有的只是幽默和讽刺。可以说，幽默和讽刺是哈谢克的基本语调。正是在幽默和讽刺中，战争变成了一个喜剧大舞台,帅克变成了一个喜剧大明星、一个典型的"反英雄"。看得出,哈谢克在写帅克的时候,并没有考虑什么文学的严肃性。很大程度上,他恰恰要打破文学的严肃性和神圣感。他就想让大家哈哈一笑。至于笑过之后的感悟,那就是读者自己的事情了。这种轻松的姿态反而让他彻底放开了。借用帅克这一人物,哈谢克把皇帝、奥匈帝国、密探、将军、走狗等统统给骂了。他骂得很过瘾,很解气,很痛快。读者,尤其是捷克读者,读得也很过瘾,很解气,很痛快。幽默和讽刺于是又变成了一件有力的武器,特别适用于捷克这么一个弱小的民族。哈谢克最大的贡献也正在于此:为捷克民族和捷克文学找到了一种声音,确立了一种传统。

而波兰作家贡布罗维奇与哈谢克不同,恰恰是以反传统而引起世人瞩目的。他坚决主张让文学独立自主。在二十世纪三四十年代,贡布罗维奇的作品在波兰文坛显得格外怪异、离谱,他的文字往往夸张扭曲,人物常常是漫画式的,他们随时都受到外界的侵扰和威胁,内心充满了不安和恐惧,像一群长不大的孩子。作家并不依靠完整的故事情节,而是主要通过人物荒诞怪僻的行为,表现社会的混乱、荒谬和丑恶,表现外部世界对人性的影响和摧残,表现人类的无奈和异化以及人际关系的异常和紧张。长篇小说《费尔迪杜凯》就充分体现出了他的艺术个性和创作特色。

捷克的赫拉巴尔、昆德拉、克里玛、霍朗,波兰的米沃什、赫贝特、希姆博尔斯卡,罗马尼亚的埃里亚德、索雷斯库、齐奥朗，匈牙利的凯尔泰斯、艾什特哈兹，塞尔维亚的帕维奇、波帕，阿尔巴尼亚的卡达莱……如此具有独特风格和魅力的当代东欧作家实在是不胜枚举。

一方面，在某种程度上，东欧曾经高度政治化的现实，以及多灾多难的痛苦经历，恰好为文学和文学家提供了特别的土壤。没有捷克经历，昆德拉不可能成为现在的昆德拉，不可能写出《可笑的爱》《玩笑》《不朽》和《难以承受的存在之轻》这样独特的杰作。没有波兰经历，米沃什也不可能成为我们所熟悉的将道德感同诗意紧密融合的诗歌大师。但另一方面，需要注意的是，由于语言的局限以及话语权的控制，东欧文学也极易被涂上浓郁的意识形态色彩。应该承认，恰恰是意识形态色彩成全了不少作家的声名。昆德拉如此，卡达莱如此，马内阿如此，赫尔塔·米勒亦如此。我们在阅读和研究这些作家时，需要格外地警惕：过分地强调政治性，有可能会忽略他们的艺术性和丰富性；而过分地强调艺术性，又有可能会看不到他们的政治性和复杂性。如何客观地、准确地认识和评价他们，同样需要我们的敏感和平衡。

一个美国作家，一个英国作家，或一个法国作家，在写出一部作品时，就已自然而然地拥有了世界各地广大的读者，因而，不管自觉与否，他，或她，很容易获得一种语言和心理上的优越感和骄傲感。这种感觉东欧作家难以体会。有抱负的东欧作家往往会生出一种紧迫感和危机感。他们要用尽全力将弱势转化为优势。昆德拉就反复强调，身处小国，你"要么做一个可怜的、眼光狭窄的人"，要么成为一个广闻博识的"世界性的人"。别无选择，有时，恰恰是最好的选择。因此，东欧作家大多会自觉地"同其他诗人、其他世界和其他传统相遇"（萨拉蒙语）。昆德拉、米沃什、齐奥朗、贡布罗维奇、赫贝特、卡达莱、萨拉蒙等东欧作家都最终成为"世界性的人"。

关注东欧文学，我们会发现，不少作家，基本上，都在出走后，都在定居那些发达国家后，才获得一定的国际声誉。贡布罗维奇、昆德拉、齐奥朗、埃里亚德、扎加耶夫斯基、米沃什、马内阿、史克沃莱茨基等都属于这样的情形。各种各样的原因，让他们选择了出走。生活和写作环境、意识形态、文学抱负、机缘等，都有。再说，东欧国家都是小国，读者有限，天地有限。

在走和留之间，这基本上是所有东欧作家都会面临的问题。因此，我们谈论东欧文学，实际上，也就是在谈论两部分东欧文学：海外东欧文学和本土东欧文学。它们缺一不可，已成为一种事实。

在我国，东欧文学译介一直处于某种"非正常状态"。正是由于这种"非正常状态"，在很长一段岁月里，东欧文学被染上了太多的艺术之外的色彩。直至今日，东欧文学还依然更多地让人想到那些红色经典。阿尔巴尼亚的反法西斯电影、捷克作家伏契克的《绞刑架下的报告》、保加利亚的革命文学，都是典型的例子。红色经典当然是东欧文学的组成部分,这毫无疑义。我个人阅读某些红色经典作品时,曾深受感动。但需要指出的是,红色经典并不是东欧文学的全部。若认为红色经典就能代表东欧文学,那实在是种误解和误导,是对东欧文学的狭隘理解和片面认识。因此,用艺术目光重新打量、重新梳理东欧文学已成为一种必须。为了更加客观、全面地翻译和介绍东欧文学,突出东欧文学的艺术性,有必要颠覆一下这一概念。蓝色是流经东欧不少国家的多瑙河的颜色,也是大海和天空的颜色,有广阔和博大的意味。"蓝色东欧"正是旨在让读者看到另一种色彩的东欧文学,看到更加广阔和博大的东欧文学。

二〇一三年十月三十一日定稿于北京

主编简介:高兴,诗人、翻译家,一九六三年出生于江苏吴江市。中国作家协会会员。国务院政府特殊津贴专家。现为中国社会科学院外国文学研究所研究员、《世界文学》主编。曾以作家、翻译家、外交官和访问学者身份游历过欧美数十个国家。出版过《米兰·昆德拉传》《东欧文学大花园》《布拉格,那蓝雨中的石子路》等专著和随笔集;主编过《二十世纪外国短篇小说编年·美国卷》(上、下册)、《伊凡·克里玛作品系列》(5卷)、《水怎样开始演奏》《诗歌中的诗歌》《小说中的小说》(2卷)等大型图书。主要译著有《文森特·凡高:画家》《黛西·米勒》《雅克和他的主人》《可笑的爱》《安娜·布兰迪亚娜诗选》《我的初恋》《索雷斯库诗选》《梦幻宫殿》《托马斯·温茨洛瓦诗选》等。

一场心灵回归之旅

（中译本前言）

陈逢华

　　《木屋旅馆》是阿尔巴尼亚当代著名女作家迪安娜·楚里近十年的重要小说之一，恐怕也是国内首次关注并译介她的文学作品。楚里继《人行道上的鹿》（1989）、《午夜太阳》（2000）、《武装天使》（2006）等小说代表作问世之后，在二〇一一年出版了这部罕见的以电视传媒为书写对象的长篇小说。作品以著名媒体人拉多瓦尼委托私家女侦探杜卡调查并寻找失踪的妻子阿丽亚娜为起因，在案情大白的过程中逐步揭露浮躁喧嚣的媒体背后历史与当下的种种残酷真相，反映阿尔巴尼亚半个多世纪以来价值体系崩塌、社会黑白颠倒的现实，刻画个人内心的惶惑、迷茫、挣扎与改变，展现他们对人生意义的苦苦寻觅与艰难抉择。

迪安娜·楚里一九五一年出生于地拉那，一九七三年毕业于地拉那大学阿尔巴尼亚语言文学专业，毕业后常年在国内知名文学报《光明报》和阿尔巴尼亚作家艺术家协会杂志《阿尔巴尼亚文学》（法语版）工作。一九九〇年后，楚里开始投身妇女及非政府组织的社会活动，领导"女性独立论坛"保护妇女权益，二〇〇五至二〇〇九年间被选举为阿尔巴尼亚议会议员。在以男性作家为主流的阿尔巴尼亚文坛，楚里的脱颖而出实属不易。她人生阅历丰富，深度接触社会，擅长刻画女性心理，在小说、戏剧和电影剧本等多种题材的文学创作中均有建树。尤其是在小说中，楚里常常以其独特的女性视角细致入微地展现阿尔巴尼亚当代社会的真实样貌。

《木屋旅馆》由周日一通不识时务的电话铃声开场，将小说的第一位核心女性——"私人纠纷处理机构"（即侦探社）三十出头的女侦探莉莉安娜·杜卡推至台前，反之，让阿尔巴尼亚北部边境旅游胜地瓦尔博纳的"木屋"隐藏其后，成功地制造了"木屋旅馆"的阅读悬念。杜卡是位活泼浪漫、冷静果敢的独立女性，她不仅是阿尔巴尼亚现实生活中难得一见的女侦探，而且受命暗中调查名人妻子的失踪事件注定充满未知的风险。然而，杜卡毫无畏惧，在大名人拉多瓦尼面前如此，在尚无头绪的案情面前亦如此。她目光敏锐、心思细腻，迅速把追踪的目标锁定在阿尔巴尼亚边境城市瓦尔博纳，同时，作为小说的主要讲述者，她把故事自然而然地引向木屋旅馆，让真实的阿尔巴尼亚社会铺展开来。此时，小说第二位核心女性——拉多瓦尼苦寻的失踪妻子阿丽亚娜已在木屋旅馆向我们招手。在拉多瓦尼精彩传神的描绘中，一位漂亮优雅、衣食无忧、家庭幸福的职业译员跃然纸上，然而很快这一切就被无情地颠覆，富裕的生活和成功的丈夫正在不知不觉间摧毁她内心的宁静与满足，与昔日恋人的意外重逢更成为二人关系的致命转折点。阿丽亚娜后续的讲述再为我们彻底破解了她的失踪之谜，显然，她奔走木屋旅馆的举动并非对婚姻困境的逃避，而是一场自我价值和婚姻理想的救赎，因为在冰天雪地、无所遁形的瓦尔博纳，阿尔巴尼亚社会的善与恶将愈发分明。其间，小说的后两位核心女性——拉多瓦尼在视窗电视台的"忠实"下属白发女魔玛格丽塔和《闪电报》记者谢丽·塞费里，走出她惟妙惟肖的叙述，在木屋旅馆正式登场。她们是唯一真实居住在"木屋"的小说人物，然而这纯净天空下的"木屋"恰恰暴露了她们的丑行。虚伪狡诈的玛格丽塔表面上对拉多瓦尼毕恭毕敬，对他的成功人生艳羡不已；低俗阴险的塞费里打着"正义"的幌子无情摧毁他人的生活。可以说，正是这些与大名鼎鼎的媒体红人拉多瓦尼有着不同程度关联的阿尔巴尼亚女性，在白雪纷飞的严寒冬季粉墨登场，又带着完全不同的动机在木屋旅馆不期而遇，才让小说一开始制造的神秘、紧张悬念延续升级为刺激、惊悚的对抗。随性而来的阿丽亚娜、乔装而至的杜卡、追踪出现的玛格丽塔和塞费里，打破了木屋旅馆的静谧与纯净，自然、温暖的"木屋旅馆"与屋外凛冽的寒风、纷飞的白雪一夜较量，阿尔巴尼亚延伸到巴尔干，乃至欧洲的真实复杂的社会现实激烈涌动，在瓦尔博纳的悬崖峭壁、波涛翻滚间对峙……

围绕着木屋旅馆，小说还为读者勾勒了几位阿尔巴尼亚女性的典型形象：慈祥善良的老妈妈穆巴丽梅、乖巧能干的大儿媳特伦达菲丽娅和孤寂胆怯的女儿赛丽姆。这质朴的一家人热情坦诚地招待着各怀心思来到"木屋旅馆"的各路人马，展现出阿尔巴尼亚女性善良勤劳的传统面貌。老妈妈穆巴丽梅温和包容、睿智超然，她真诚地关爱着孤身前来、不免战战兢兢的女侦探杜卡，忧心人生不幸、性格柔弱的女儿赛丽姆，即便对图谋不轨的三位"不速之客"也并无丝毫敌意。大儿媳特伦达菲丽娅同样坦诚待客，温和友爱。而在拉多瓦尼和马克斯的叙述中，赛丽姆被无辜构陷的过程、丈夫兰迪早逝留下幼年病女的悲惨经历——呈现，令人不禁哀叹生活原本的艰辛与社会人为的不公。

很快地，木屋旅馆成为失踪案峰回路转的关键一环，阿尔巴尼亚北部山民的热情好客、真诚善良让它化作了一个无须言语而充满力量的场域，故事人物的不安、烦恼、焦虑在这里得到彼此的慰藉，她们的痛苦、愤怒、绝望在这里得以安全地宣泄与释放，平和、希望和力量在这里找到了合适的落脚点。结果，伴装前来调查旅游情况的杜卡有惊无险地解救出善良的阿丽亚娜，带着她和她关照的赛丽姆脱离了可能的危险。一路追踪杜卡而来的白发女魔玛格丽塔、同伙塞费里与三个乔装打扮的"北欧人"起先暗中联手，但后者在木屋旅馆里渐渐识破了前者以制作《魔眼》节目来揭露"社会黑暗"的险恶用心，她们暗中拍摄，妄图无中生有的阴谋最终破产。同时，在木屋里，杜卡与阿丽亚娜的友好初识也开启了柳暗花明的后续，阿丽亚娜找到内心暂时的安宁之后，勇敢走出木屋，走出自然与人为的困境，反思自身与拉多瓦尼渐行渐远的夫妻关系，积极帮助被丈夫所代表的媒体无辜伤害的赛丽姆找到解决之道。因此，冰天雪地里的木屋开始让阿尔巴尼亚的现实黑白分明，官员贪污、栽赃无辜内幕的曝光隐喻着现实中阿尔巴尼亚勇敢面对真相，找寻现实出路的积极努力。

楚里不仅是知名作家，也是法国文学的阿尔巴尼亚译介者。有评论家提到，在创作《木屋旅馆》之前，她翻译了美国小说家、新闻记者伊丽莎白·吉尔伯特的《美食、祈祷和爱》（另译为《一辈子做女孩》），认为其在这部小说的创作中受到了一定的影响，比如女主角不达目的誓不罢休的执着与信念，场景间电影画面式的安排，利用冥想探寻事件间无形的联系，文笔准确优美，等等。但是，更有意义的是，《木屋旅馆》通过精巧设计的悬疑故事，自然而然地呈现阿尔巴尼亚复杂、真实、丑陋、冷酷的社会现实，犹如一块帷幕徐徐拉开，有效地把读者的目光聚焦在黑暗、残酷的阿尔巴尼亚社会真相上来。

与失踪事件的惊险博弈围绕木屋旅馆展开不同，阿尔巴尼亚社会现实的片段则几乎都是在地拉那的玫瑰人生酒吧和普里兹伦的豪宅里交代的，此时阿丽亚娜的离奇失踪不过就是引子而已。在拉多瓦尼与杜卡多次的会面之中，先是为寻找不告而别的妻子，这位昔日风光无限的名牌主持放下了自尊与戒备，向女侦探和盘托出了自己一路成名却即将身败名裂的真相。拉多瓦尼原先简单远离政治的幻想在全社会追名逐利的现实里被悄然扭曲，他囿于金钱所定义的成功，在日渐舒适的众人追捧中逐渐迷失自我。他追回妻子的种种努力更是他极为艰难的自我剖析与反省。同时，依旧在玫瑰人生酒吧，杜卡的好友马克斯坦然追忆了他与阿丽亚娜的昔日男友拉迪的友情决裂，虽然这段令人心伤的过往是揭开阿丽亚娜失踪案的重要线索之一，但更为重要的是，拉迪当年的绝情欺骗、极度自我准确地回溯了阿尔巴尼亚社会转型初期人性挣脱了过度的束缚与重压后报复性的可怕释放。而在脱离危险之后阿丽亚娜与杜卡在普里兹伦的畅谈更是把这位女性在整个转型时期所历经的个人成长逐一呈现，令人无比清晰地意识到，她无法忍受而毅然决然的出走是对以往自我价值和存在的反思与批判。阿丽亚娜在此时此刻完成了肉体的出走后心灵的回归！在《木屋旅馆》中，不难发现作家透过主人公的交谈构成了对小说主题的一次次叩问：阿尔巴尼亚媒体在社会生活中是什么样的力量？一旦媒体的力量大到可以操控，乃至主宰个人的命运，国家的财富便可以大言不惭地窃取，高官、名人便可以习以为常地全身而退，而弱势者只能一次次地沦为替罪羊，昔日的受迫害者将一次次地被新的受迫害者所取代。如果媒体无须区分正义与邪恶，那么媒体究竟在阿尔巴尼亚社会制度转型的剧变出现的人性道德沦丧中，在走向欧洲还是与欧洲背道而驰的两大势力较量中扮演了什么样的角色？小说在这一主题上的探讨或许太过真实与犀利，楚里表示小说内容"如有雷同，纯属巧合"。

  当然，有关阿尔巴尼亚媒体的善恶探讨仍然是小说的表层主题，制度剧变所带来的人性价值自身的瓦解与崩塌，以及原本隐匿其后，如今凸显而出的犹如深井的幽微人性，恰恰困住了当下社会信奉民主制度通往人性自由的每一个普通阿尔巴尼亚人。在小说世界里，阿丽亚娜出走，带着惊慌失措的赛丽姆躲避于木屋旅馆，犹如走入了希腊神话中克里特岛的迷宫，没有杜卡的协助和三位"北欧人"后来的撤离，依旧难逃媒体穷追而来的魔爪；而在现实世界里，阿尔巴尼亚始终徘徊在社会转型过渡期的迷宫之中，融入欧洲、走向复兴的梦想依旧遥不可及。当然，作为社会活动家和小说家的楚里乐意给未来一抹希望的亮色，或者说，那是她所主张的作家与文学应当承担的社会使命，即给予阿尔巴尼亚人走出过渡时期的思想深渊一股精神力量。因此，她为小说的两位受困女性都找到了救赎之路，赛丽姆重新站起来，得以重返社会，自食其力，抚养生病的女儿；阿丽亚娜回归了和谐的婚姻和充实的生活，她们肉体的出走换来了心灵的回归和精神的安顿。然而，不得不说，现实恐怕不可能如此理想与简单，官员引咎辞职，名人坦承过错，心态极端、冤冤相报的媒体人得以收敛，真的仅凭一位名不见经传的女侦探或者一群有正义感的"英雄"吗？

在大多数中国人的普遍认知中，阿尔巴尼亚依然停留在二十世纪六七十年代阿尔巴尼亚老电影里战争与革命定格的激情岁月之中，然而《木屋旅馆》展现了阿尔巴尼亚的进行时，一个正在经历着思想、观念、价值的剧烈动荡与重构的生动的阿尔巴尼亚，一群生活在二十世纪八九十年代的青年，没有了英雄的伟大与崇高的他们，让真实强烈的现场感在小说中扑面而来，体现出阿尔巴尼亚文学与作家的时代担当。同时，更为值得关注的是，在小说里，以木屋旅馆为转折点，离开喧嚣嘈杂的首都地拉那去追踪阿丽亚娜的女侦探杜卡最终揭开了白发女魔和塞费里二人的险恶算计；价值迷失、婚姻陷入困境的阿丽亚娜在解救深陷危局的女伴的同时，挽救了自我与婚姻，回归了平淡却不显乏味、诚挚而不做作的生活。一场肉体出走、心灵回归的大戏在女性视角下徐徐展开，娓娓道来，让我们有幸一窥当今阿尔巴尼亚社会如此生动鲜活的、看似普通却又并不平凡的女性群像。

二〇二〇年十月二十五日于北京

第一章　周日的意外

视窗电视台节目负责人阿图尔·拉多瓦尼给我打来电话的时间是周日，下午四点钟。周日，午后，我通常眯上一会儿，把手机调为"静音"，拔掉家里的座机线，放下窗帘，关掉电视，再盖上一条柔软的毛毯，躺在沙发上小憩。大约一个小时而已。

那个周日，正下着绵绵细雨，雨水轻轻敲打着窗子，短暂地打个瞌睡在我看来显得无比甜美。进入梦乡前，我一贯想些愉快的事，或者至少有趣点的事。那天，我在法国《世界报》的网页上才看了旧时代一位中国演员的口述。这个人现在住在纽约，已经到了显老的年纪，他说险些没逃过一场可怕的惩罚。恐怕一拨演员之中，他是唯一侥幸逃脱的人。因为，在那个时期，剧院里上演的戏，光是手就能当主角。妙。到这里一切都很正常，符合当时的逻辑。但是，接下来，这位中国演员说，所有扮演过这个角色的演员，一个个都死了。要么倒在家门前，要么死在浴缸里，要么淹死在湖里，或者干脆中毒，死在床上。至今没有人能说清楚谁杀了这些演员，原因或者动机又是什么。没有任何证据……什么都没有。

我正遐想着是谁、为什么、在什么地方如此作为,联想到那里的街巷、那里的一切。那平白无故的心绪不宁、胡思乱想仅仅也就过了十分钟,座机就疯狂地响了起来。显然,我忘了拔掉电话线。

闭着眼,我想到——此时此刻绵绵的雨停了,死去的魂魄在黑暗中也黯淡了下去——这位周日下午四点叨扰的不讲礼貌的人,在电话响过五六声后会撤退的。但是,没有。刺耳的电话铃聒噪了十五声方才停下来。我心想,他放弃了,于是把毛毯罩在头上。令人昏昏欲睡的絮语声又回来了。或许,在我的梦里,一个湿漉漉的街角上会出现某个令人恐惧的军人。我再也睡不着了,我想,但是,至少我得略微平复一下电话铃声对我脑子造成的冲击。

说起来,那天下午我有罪受了。戳破我脑壳的电话铃声执拗地聒噪了整整七回,每回都得响上十五声。第八回,我飞身跃起,冲到我的灰色座机兀自杵着的床头柜前,愤怒至极地操起听筒。

"您好啊!"

电话线另一端的人最好还是把话筒放下,否则就会再次听到我发出的貌似问候的沙哑咆哮。

"您是杜卡女士吗?"男人用喉音说。

"不,我不是杜卡女士。"我回答。

另一头是犹豫的沉默。

"对不起,"低沉的嗓音说,"有人给了我这个电话号码,找杜卡女士。"

"这里没有杜卡女士,"我接着说,"您打错了。"

"是吗?对不起。"声音有些含糊地说,接着挂了电话。

我又回到了沙发上。杜卡女士!

我站起身,走进厨房,打开意利咖啡机。你等我把咖啡煮好,我对自己说,再倒到杯子里。

我才把咖啡倒在杯子里,电话铃声又响了。响了四声。

"您好!"

"您是杜卡小姐吗?"还是那个低沉的嗓音,竭力显得通情达理。

"是啊?"

"我是在和杜卡小姐说话吗?"

"是啊?"

"您是莉莉安娜·杜卡吗?"

"是啊?"

"我是阿图尔·拉多瓦尼,杜卡小姐。"

"是啊?"

电话线那头的人彻底晕了。他原以为著名的阿图尔·拉多瓦尼给我打电话,我得高兴死了。在周日下午四点钟!这个人不是在做节目吗?在他任职的电视台,周日下午的节目里,他常常喋喋不休。

"请原谅,"他继续说,还是完全如坠云雾之中,"但是我去过您的办公室,他们引我来找您,我一点也不想打扰您……您理解我吗?"

"不理解。"

"莉莉安娜小姐……您的上司让我来找您……"

我醒了。他一共说了四回以"指向"① 为词根的词。他们引我,我找您来,上司……他言辞太贫乏了。

"我明白了,"我决定放过他,最后说,"请讲。"

"我想要马上见到您,我有一件急事。"

这个人竟然如此不明事理,挂电话的时候我想。他在哪里学的说话,电视台那儿吗?

阿图尔·拉多瓦尼希望我们晚上七点在罗格纳酒店的酒吧见面。当然,我不再躺在沙发上了,而是给我的美发师打了电话,问她六点是否有空,给我简单梳个头。然后,我走到卧室里,打开了衣橱。我的衣橱很大,是从一个手艺很好的木匠那里定做的,占了四面墙。在一面墙上有些简单的服装,牛仔裤、T恤衫和运动外套。另一部分挂着时尚西装、丝绸衬衫,下方的抽屉里摆了我很少穿的高跟鞋。窗户两侧的墙上分别是大衣、风衣、棉服、毛衣等等;都是依照我着装的意图摆放的。

第一次与阿图尔·拉多瓦尼见面,不论他的意图是什

---

① 在阿尔巴尼亚语中,drejtohem、drejtoj 与 drejtues 的词根都是"drejtoj"(指向),故有此说。

么，我都会穿黑色西装去，但配的是短裙，而非西裤，还有乳白色丝绸衬衫。再搭上带跟的黑皮鞋。

从他的语气，我已经感觉到，上司把他"推给"我令他不悦。我必须在外表和气势上压过他，让他态度温和些，不要一开始就张牙舞爪。

我把西服放在床上，走到窗前。雨还在下，现在下得更厉害，并非摇篮曲似的雨了。我应该坐车去，否则必得挨淋，头发一定会乱的。

阿图尔·拉多瓦尼，这个名字对我没有多大意思。我知道他在视窗电视台负责综艺节目《魔眼》——一档类似于《老大哥》①的真人秀。近两年来，他的节目成功超越了后者，夺走了一大批观众和赞助。他还常常参加电视上文化和政治问题的谈话节目，总体上给人的印象是个稳重而专业的人。

我慢慢地穿好衣服，一边思索着究竟为何阿图尔·拉多瓦尼到我们事务所登门拜访，身为上司和老板的我舅舅又为何选了我来摆平他的事。

我们事务所，或许是目前阿尔巴尼亚唯一的调查机构。事务所的门牌上写着"私人纠纷处理机构"，路过的人瞄上一两眼，都搞不太明白我们在解决什么样的私人纠纷。实际

---

① 全球流行的游戏真人秀，1999年在荷兰首播，后在各国播出了不同版本。节目要求参与者生活在一所一举一动都被摄像机和麦克风记录的房子里，不允许他们与外界接触。

上，我们就是实打实的侦探，与电影和书本里的那些人没有任何不同。我们总共三个人,全都忙得要死，而我舅舅埃米尔·阿巴兹却不想增加人手。他的理由是，选人不是件易事，做侦探必须得有兴趣、有本事、目光敏锐、头脑聪明，既有文化知识，又了解情况，具备极其迅速收集信息的渠道，可想而知，这样的人有多难找。

我舅舅说，他以前曾就职于安全机关，在抓窃贼的部门工作，但是没什么人相信他。看他工作时的样子，我也不相信他只是抓一般的窃贼，但是说到底，谁又还在乎他的过去呢。开事务所的时候，他找来了他的前同事穆罕默德·哈吉伊梅尔当合伙人。他又把我找了来，理由是我打小时候就热衷于剖析形形色色的隐秘，这热情人尽皆知。

实际上，我一直失业。二〇〇〇年，我读完法律系，该找的地儿都找了，但就是找不到工作。有一个女律师协会让我干了五个月志愿者，帮助受虐待的妇女捍卫她们的法律权益，但是由于女律师们根本筹集不到经费生存下去，我就离开了。在一家橙汁生产企业、一家建筑公司里，我又混了大概两年；还是由于缺乏资金，他们也停发了我的工资。

那段时间，我一如既往地啃着探秘和谋杀的书。我就这样把这个世界上我最喜欢的一切当成了消遣：我读阿加莎·克里斯蒂、柯南·道尔、约翰·格里森姆、约翰·勒卡雷，还有当代的一些人，想象自己成了现代版的夏洛克·福尔摩斯。阿加莎·克里斯蒂的马普尔小姐让我相当疯狂，虽然我并不像她年纪那么大。实质上，那是一段痛苦的时期，因为我无法谋生，仰仗着父母度日，在我看来，这太无法让人接受了。

此间，在一个美好的日子里，我舅舅埃米尔，他认为自己在布洛克区①的一幢大厦里干保安已经干够年头了，足以让人们忘记他前特工的身份，便决定出去闯一闯。当时，他已经替几位重要人物解决过麻烦，他们对他的工作评价很高，在这些成功的尝试并蛰伏了十年后，他自己下定了决心，是时候干点事了。

一月的一个夜晚，隆冬时节，是没有人到外面去、都往暖烘烘的房间里一待、看电视上放恐怖片的日子，阿斯德里特舅舅②突然造访我们家。他打断了我们正在欣赏的惊悚情节，把我们推入了令人毛骨悚然的隐秘气氛之中，让我们在那约莫两个小时里吓得发抖。

一天前，在阿斯德里特舅舅当保安的那幢大厦五层，发现了一个开枪自杀的五十岁男子。第二天，一个二十二岁的年轻姑娘又从那幢楼的六层阳台跳了下来，当场死亡。然而，出了两件事还没完，又出了第三件。就在第三天，七层一个四十五岁的女人把门窗关得严严实实，打开做饭的煤气炉，躺在沙发上，直到最后咽气。

---

① 地拉那市中心的一个区域，东欧剧变前为高干住宅区。
② 即埃米尔·阿巴兹。

大厦的居民开了会,他们委托我舅舅埃米尔·阿巴兹来破这桩谜案。显然,案件并没有进行谋杀调查的必要,人们求的是心理上过得去。至少从表面上看,这三名自杀者之间并无任何关联。年轻姑娘,又漂亮又爱笑,是外语系法语专业的大学生,她的父母年轻有为,她还有两个弟弟。五十岁男子,曾是地拉那公立大学机械工程学教授,在水电站领域有许多学术著作,他的妻子也是工程学教授,有两个女儿,在"佩特罗·里尼·卢阿拉西"中学读书。四十五岁女子,在大厦的一层有一家花店,店里一年四季摆满了百合和玫瑰,她嫁给了一位做卫生纸生意的商人,生活幸福,还有一个十二岁的儿子,那孩子痛苦难过的样子让那幢已然受诅咒的大厦的居民心都碎了。

虽然,舅舅相信这三起自杀事件存在着共同的动机,是彼此紧密关联的,但是他并没有找到任何明显的证据。我父亲对此类事件有同好,但是他绞尽脑汁想出的各种说法都被舅舅一一否定了。我母亲,极其沉迷恐怖片,尤其是阿尔弗雷德·希区柯克的电影(我想这应该是她与我父亲彼此相爱的原因)。她跳起来,说道:"这里面有阴谋,还会发生其他的谋杀。"但是舅舅摇着头否认。

我呢,花了一阵子冥思苦想,等大人们都一一充分地表达完他们的意见,才请求发言。舅舅眼皮往下一耷,表示同意我说话。爸爸狐疑地看看我,妈妈则一脸的不服气。

我展示了我的理论:教授与卖花女曾是情人关系,后来因为学法语的女生背叛了卖花女。这件事被三家人或者卖花女发现了,于是她威胁要公开宣扬丑闻。

"那他们又为什么要自杀呢?"舅舅问,"没有理由啊。"

"有道理,"爸爸坚决地说,"但不充分。"

"也许是这样,"妈妈说,脸上不见了轻蔑的神情,盯着我说,"你快说。"

"他们仨因爱疯狂,"我说,"脑子卡壳了,困在里面仍旧走不出来。"

那天夜里,舅舅顺着我剖析的思路,又一番巧思妙想,琢磨出了事件的脉络。一个月后,我原先的猜想得到了证实:自杀的起因的确是盲目的爱情和凶残的嫉妒。

于是,后来他开事务所时,就找我来和他一起干。我没有一丝片刻的扭捏,说什么"让我想想"的话,一把上前搂住他的脖子,杵进了他的办公室。爸爸和妈妈都有些妒忌,但是他们对孩子的爱战胜了受伤的自尊心和未曾满足的雄心壮志。

我在事务所一干就是十年。我们总是待在暗处,默默无闻地处理了一些最为复杂的案件,客户需求在与日俱增,可是我舅舅既不赞成我们扩充物理空间——让我们换一间大的办公室,装修改善一下,也不同意招揽新探员。"再等等,"他总是说,"我们最好别惹人注目,那样招人嫉妒,会封了我们,于我们有害。"

地拉那一天天变大,变得越发臃肿,一派"喧嚣"景象。依我的想法,这样就得称作——喧嚣。过去,在我小时候,地拉那是"湿答答的"。我年轻的时候,地拉那曾经"时髦得很"。如今,它令我触目惊心。一条条令人感到亲近而安宁的马路,供人漫步、沉浸于椴树花香之中的马路,永远地消失了。如今有的都是无名路。

然而,我并不常为激动人心的往日落泪。现在,我要去会会阿图尔·拉多瓦尼,我必须在这场挑战中获胜。即便在与我短暂的沟通中,我有意挑衅他,他说话也有些磕磕绊绊,但他毕竟是训练有素的那种人。谁知道是什么烦心事把他送到了我们事务所,在那个周日之前,那可是电视上宛如幸福小太阳般熠熠生辉的人。

我还是穿了西服套装,脖子上系了一条白色的薄围巾,束起头发,别上一枚黑宝石发卡。黑色皮包、黑色带跟皮鞋。包里装着一个笔记本、一支银色圆珠笔。大雨伞也是黑色的。还有平光眼镜,只在做记录的时候才戴上它,佯装我需要戴眼镜。我没喷香水。

我与阿图尔·拉多瓦尼在罗格纳酒店的酒吧见了面,是他选的地方,仿佛没有别的地方比那里更适合倾诉秘密,但是,显然他神色有些焦躁不安。而罗格纳酒店的酒吧,凭着与首都近二十年来的历史息息相关的种种原因,常常作为重要会面的场所,有时还是历史性的会晤,国家公共生活中有头有脸的人都聚集于此。

因为电视节目的缘故,我多少认得他,而他不可能认识我。一进门，我就认出了他。他在角落的一张桌子旁坐着，位置不在吧台旁，而在朝花园的大玻璃窗外面，与窗户隔着一排其他的桌子。我感觉他立马看出了我是谁，站了起来。他比我高得多，但是我个子有一米七五，所以算不上是矮个子女人。他穿着棕色西服，打着棕色细纹的米色领带。身材挺拔，行动灵活，大大方方。棕色眼睛，棕色头发，长相英俊，年龄大概四十岁到四十五岁。性格直率，比在电视上更和蔼可亲。在电视上，他有时没事就笑，有时幽默几句，一脸幸福，仿佛世界都只围着他洋溢出来的欢乐打转。

"说真的，"侍者在桌上刚刚放下两杯柠檬绿茶走开，他便开口了，"我给阿巴兹先生打了电话，想把我的事托付给他，而且……"

"而非一个女人。"我生生地打断了他。

他笑了笑，略微注视了我一下。

"是的，我不想隐瞒，是这么回事……不要紧。现在您已经来了。阿巴兹先生说过，我可以完全信任您，甚至比对他本人更完全地信任您。阿巴兹先生的认可非常厉害。他是您的亲戚？"

"他是我舅舅。我们一起干。"

突然，他的脸色一变，目光黯淡下来，眼睛盯着正在变凉的茶。或许在那一刻，他才明白自己选了最不合适的地方来谈如此费劲的事。"欧安"组织的大使刚好路过酒吧，后面跟着几个议员，一群拿着相机的记者。大使是个高大的立陶宛人，红脸。他快步穿过大厅，就像战争片里一样目光犀利地望向前方，记者们纷纷立即加快脚步，流着汗，揪着心，仿佛即将在罗格纳酒店一层大厅里举行的新闻发布会，将要决定未来二十五年整个欧洲的命运。

"要是您需要，我们可以换个地方。"我对他说。

他注视了一下我，没有言语。

"不用了，没关系，"他说，"现在，我们就在这儿说吧。我不想因为自己的问题进警察局，因为……我不知道，我原本以为……"

"我明白，"我对他说，"您想要悄无声息地解决问题。"我压低了我的声音，说话更温和了。他察觉到了，松弛了一些。

"好的。"

我等他接着往下说。

"我的妻子失踪有两周了，没有留下踪迹，"他说着，看看我，"我觉得害怕、不安、丢脸，我睡不着，折磨人地胡思乱想，晚上床铺是空的，早上厨房里盘子都没洗，花都没人浇水，想到年幼的儿子的脸，瞬间人就老了。"

那天之后，我们又见过好几次。最后，他放弃了罗格纳酒店，同意到别处见面。那是我朋友马克斯·库尔特的酒吧，他实际上是个古董家具修复师，令人愉悦的攀谈者，智慧而天赋异禀的人。我们常坐在一个舒适的角落里——三十年代的沙发椅上，角落的台灯罩着米色的丝绸流苏灯罩，在我们脸上投下斜斜的灯影。我们喝上一杯马克斯提供的基安蒂红酒,尽力弄清楚让我们看到一丝光明的那道裂缝可能在何处。

为了便于读者理解,我会在单独的章节中概述阿图尔·拉多瓦尼的故事,以及他眼下雇用侦探的原因。为了把故事说得更清楚或更好些,我要把他对我说的、他亲口对我讲的话,用第一人称表达出来。读者也会发现,我最初对拉多瓦尼的印象、把他当成词汇贫乏的人是完全搞错了。

第二章　阿图尔·拉多瓦尼的讲述

我觉得，伴随秋日一天天的临近，疑惑也越来越侵蚀着我。缓缓地，不知不觉地，似清风，窃窃私语般，清新而充满诱惑。似变形虫，四处扩散。突然间，我才发觉自己正在一天天老去，就像树木一样，发黄的树叶飘落满地，我再也不是一个月以前的我了。

八月里，一切都始于八月。那时候，地拉那的人都走光了，条条宽阔灼热的马路都归我所有。我想在哪儿停车就在哪儿停车，想停多久就停多久，我可以如昔日一般在山坡上漫步，昔日的大湖公园才真正是座公园，大湖也的确是个湖，而不像条步行街，每秒钟都得问候你的朋友和熟人。我感觉自己仿佛游荡在电视台的走廊里，而不是走在公园曲曲折折的小路上。

于是，一切就在一次闲暇而又思绪纷乱的散步之间开始了。太阳像火神一样落下山去，树木都热得冒火。阿丽亚娜身上喷了香水，一股夏末成熟的香气，混杂着被踩踏的青草气、干涸的泥土味和碧绿水面上摇曳的水草香。水面还倒映出她青苹果色的长裙，从裙子里露出她被海滩的日光晒黑的光滑双肩，那是我们在海滩上晃了一夏天的结果。

她问候了一个人，脸红了。倘若不是她脸红到了脖颈，我也不会问那个人是谁。

"他是谁？"

"不是什么人，"她说，"一个……无足轻重的人。"

因为她说了句没意思的话，我下意识地回过头去。那个不重要的人，转过两旁都是松树的拐角处，就消失了。他高个子，驼背，头发花白，蓝衬衫搭在裤子外面。他的背驼得特别，让我隐约想到了什么，某种熟悉的东西，从被遗忘的角落里跳将出来。记忆的火花把我送回到了九十年代初，我正疲惫地经过达伊特宾馆门前，身上裹着雨水打湿的松树气味，此时，我望见对面的人行道上有个独自闲逛的陌生男子。他看到了我，停下脚步，缓缓地点了一支烟。随后，他手优雅地一抬，向我致意，又离去。背是驼的。

多年后，我看电视新闻的时候，里面正在播送恩维尔·霍查像被推倒那天的纪录影像，某种东西又从记忆深处飞闪到我的面前：一个被警察追赶的男子从栽倒一旁的塑像下跑过。那人，也不管警察怎么追，一个劲儿往人群里挤，肩膀有点向左弓着。我绞尽脑汁，想我在哪里见过他，显然他的后背是我非常熟悉的标记，但是我没能想起来。

他是谁呢？我那时候想。

要是一周之后，阿丽亚娜没有一整天不见人影，也不打电话，我会把她令我好奇的脸红一事也烂在记忆深处的。因为一个难以解释的缘故,现在我把她的行为和天气的变化联系了起来。就如同秋天,日头一天天变短,炎热也一天天减退,取而代之的是湖面上一种蓝色、浅黄色和铅色构成的神秘气氛,我妻子的脸呈现出一番变幻莫测的景象,我非察言观色不可。

"你去哪里了?"我问,又气恼自己的盘问。

"去了一个葬礼。"她说,懒懒地脱去黑色的外套。

"谁过世了?"我竭力表现出关心的模样,但是对自己的鄙夷迅速上升。

"哦,"她漫不经心地摆摆手,"一位……一位女同事的父亲,一个……无足轻重的人。"

我转向电脑,不再继续说下去。

"不重要的事。"她说。

    谷歌、巴尔干新闻网、讣告栏。今天民主党杰出的激进派、党部初创期成员、著名物理学家根特·拉迪英年早逝……拉迪先生贡献卓著,他的离世是核物理研究所的损失。今天下午三时在希什图菲娜墓地举行了葬礼……出席的有……

她的名字没有出现在出席名单里。说实话,她与物理学没有任何关联。而且,阿丽亚娜的女同事多半年龄在三十五至四十岁之间,四十八岁的根特·拉迪不可能是她们的父亲。阿丽亚娜三十七岁整,我一面想,一面瞧不起自己这一番算计。我当时四十五岁……

在追悼会的照片上,根特·拉迪还是金发,瘦长脸,灰色眼睛,头发浓密,侧梳向一边,有一点花白。背驼不驼,无从知晓。毫无疑问,他就是那天下午在湖边遇上的不重要的人。

我拿起电话,拨给了新闻部主任阿达。视窗电视台编辑部的人都不知道有重要人物去世。但是,毕竟,总理亲自去参加了这位根特的葬礼。

"哦,"阿达回答说,"无所谓的事。过去,大家都说他是非常有分量的人,但是,现在他什么也不是。我听说,有一些官员去了他的葬礼,因为在九十年代,他是集会推翻旧制度的先锋。在研究所,他做出了点贡献,那都是早年的事了,现在,他们只给他发发工资。"

"罪过啊,"我有点困惑地说,又不禁问阿达,"他是不是走路有点驼背?"

夜里,我猛然醒来,看见阿丽亚娜在阳台上,远处残月倚在山坡边上。阳台上的玉兰叶影,就像不规则的斑点,落在她的头发与肩上。

"进来吧,"我对她说,"你会着凉的。"

她裹上了家居服。

"我睡不着,"她说,"你睡吧,我晚点就来。"

＊ ＊ ＊

　　我和阿丽亚娜是人们常说的万事顺利的那种地拉那夫妇。我先在地拉那公立大学新闻系完成了学业，又在博洛尼亚读了个公共关系硕士。还是学生的时候，我就一直与报纸、电视台有合作。还很年轻的我，就认识主流电视台大多数的主编及老板。杜卡小姐，您已经发现了，我认为我的职业生涯一直平步青云。完成学业时，我就轻轻松松地在电视媒体找到了工作，最初做的是节目主持人，各种音乐会、晚会的主持人，直至我凭着视窗电视台录制的《魔眼》节目——一档与众不同的"真人"模式，一半游戏，一半才艺表演，但参加者并不是完全不知名的路人，而是有一定知名度的。电视台为我提供节目录制的方向。我邀请来的人，并不是像《老大哥》那样被关在一所房子里，他们是有特质的怪人，占卜师、魔术师、民间发明家、前所未见的大胃王、养蛇人，或是弄虚作假者、挪用公款者、前政要——欺压百姓的人。在阿尔巴尼亚生活的人，没有人没看过我的节目，至少看过一次。时间长了，我的收入也增加了，可以说，我收入涨了五倍。"阿尔巴尼亚至上"公司①买下了《魔眼》节目，我成了公司的大股东。之后，公司每年都把节目卖给

---

①　公司英文名为"The Best for Albania"。

视窗电视台，而电视台不愿放弃这档节目，也乐意买，因为这节目还能给它带来可观的广告收益，从另一方面看，又不必再安排录制工作。

阿丽亚娜，从父姓希南，在罗马大学语言系学成后回到地拉那做自由译员。她不太想要继续学习，寻求过更为轻松、愉悦，不太辛苦的一种生活。意大利文凭成为她从事高收入翻译的敲门砖——她加入了意大利语译员协会——一个月几场同传翻译，两天就能赚三百多欧，有时候还要更多。

我们是在一次地中海国家文化部部长会议上认识的。我在地中海文化多样性及文化共同点分论坛发了言。她在同传间里翻译，对一个三十来岁的男子——明摆着就是我——有了印象，此人说话流畅，让她翻起来不累。她注意到，很少人说话时遣词造句能如此清晰、有条理。午餐安排在喜来登酒店的一个大厅里，她坐得离我很近，夸奖了我。我微微一笑，从那一刻起，就像她后来对我说的，她希望一直能看到我的那种微笑。

后来，我们老是回忆起那漫长的三天会议，都想让它开上三周才好。

渐渐地，我们感觉彼此认真交往起来，因为对生活，我们俩有非常相似的看法，因为我们的肉体也极其渴望彼此，因为建立一种更为牢靠的关系，比如结婚，才能令双方的家庭都满意。甚至，连我们两家的房子也在地拉那的同一个区：她与父母一起住一套公寓，就在拉纳河畔的一幢浅蓝色的新公寓楼里；我住在恩维尔·霍查以前的别墅对面的大楼里，大楼底下几层租给了外国大银行和国内最重要公司做总部。我们可以从自己房间的窗户相互问候。我们愿意相信——多过大声的表达——要是伴侣双方来自同一文化、层次，同一经济水平，同一养成环境，同一世界观，婚姻就会顺顺利利。而且，我们彼此的父母，还有我们本人都不希望卷入政治中去，只想与对方建立并维持良好、有效、友善的关系，虽然这些我们并不视为根本，但它们有助我们一生平顺。阿丽亚娜同意我的处世原则，她认为我在绝大多数的事情上都是对的。她还说一生靠自己奋斗，尽量少依赖别人是更好，更可靠的。我每每对她报以微笑，激动、温暖而真诚的微笑，她的任何疑虑都会烟消云散。

我与银行的交情足以让他们给我优惠，于是我们拿到了低息贷款，买下一套房子之后就结了婚。那套房子离我父母家就十分钟路，离她父母家十五分钟，一年之后出生的儿子上学的托儿所和幼儿园，离我们的住所七分钟。

也就是说，我在四十五岁的年纪已经是收入颇高的媒体文艺圈的头头脑脑了，而且文化部部长顾问的职位也让我左右着阿尔巴尼亚的文化政策。这种状况一直持续到几天前，直到我的生活开始乱七八糟的那一刻。

我们十岁的儿子——贝尼，我们给他取了我父亲的名字——阿尔本，昵称为贝尼。一个十来岁的小孩子，要什么有什么，接受良好的教育，健康、上进，相当聪明，至少他的老师都是如此评价的。此外，他得过"小天才"一等奖，还是"网络技能大赛"的获胜者。

直到两周前，阿丽亚娜消失得无影无踪之际，情况就是这样。

没有什么比盘踞在脑子里的一个无法解释的意图、一个令人不安的隐秘、一种不明不白的行为，更让我烦恼了，阿图尔·拉多瓦尼接着说，十月的那个周一，早上我出门的时候，天空灰蒙蒙的，意欲化为一道谜题，我觉得自己的身体重了几公斤。阿丽亚娜兀自占据了我整个脑子，嘴角带着难以解释的不屑。

视窗电视台的走廊里，熙熙攘攘。然而，我走进宽敞、明亮，摆着黑皮沙发椅和玻璃桌子的办公室时，沉重的感觉还是挥之不去。秘书给我送来咖啡，把当天的报纸放在我面前，纽约还来电说邀请我参加三个月后在美国一座城市举行的国际电视媒体大会，那也无济于事。

有人敲门，我叫"请进"，《魔眼》的一个绰号为"白发女魔玛格丽塔"的记者走进来。她约莫五十岁，体态笨拙，头发花白蓬乱，样子有些可笑，于是乎电视台的人都把她的本名约兰达·霍查忘了，都叫她白发女魔玛格丽塔，因为她与玛尔耶塔·拉丽雅在电影《记忆圈》中扮演的疯子玛格丽塔惊人相似。我们之所以把她招进我们的真人栏目，就是因为她百无禁忌，对这个世界上的任何事、任何人都无所忌惮，她钻得进所有阿尔巴尼亚最为隐秘的角落。她替我们的真人节目找我们需要的人，采访他们，痛斥他们，嘲笑他们，在节目里当众直接破口大骂。而且，由于她外形有一副如此令人称奇的样子，以及节目宽容的尺度提高了我们的收视率。她比大多数人更喜欢攻击前执政团体，把他们彻底搞垮。她追踪他们，窥探他们，揪出他们过去的某个过失，要是没有就给他们编造一下，尤其不放过那些幸存下来、在我们今天的这个时代还享有一定社会地位的人。

"玛格丽塔，你好！"我对她说，我们叫她绰号，她也不恼，"你又钓到哪个'前任'啦？要我们去给他挖坑吗？"

"你闭嘴，头儿，"玛格丽塔打断我的话，"我才不给人挖坑呢。原来的社会给我挖过坑，不让我读书，我年纪很大才读完大学。你别以为我不明白，你挖苦我。"

"说说，有什么事？"我回答。

"出了两个小问题。"她说。

"你尽管说，别怕。"

"第一，我以后不能再和杰西搭档上节目了。"

我皱了皱眉。

"为什么？"

"杰西一直和我一起上节目。她很年轻，在艺术学院上二年级。"

我明白玛格丽塔想要说什么。

"因为路人取笑我。说真的，我难为情。她出镜几乎裸着,我可是正经女人,她让我感到难堪……我知道的!"

"你想怎么解决?"

"你们让她换服装。就是说,让她好好穿衣服。"

"我们考虑一下,"我说,佯装做记录,"另一个问题呢?"

"我要请几天假,"玛格丽塔说,慈祥地看着我,这眼神在她实属稀罕,"我要为我妹妹安排订婚事宜。"

"祝她婚姻美满,多子多福!"我说,"就这些?"

"就这些,"白发女魔玛格丽塔说,"那么?"

"同意,你可以请假。"

"你不问我什么时候走,什么时候回来,我的工作由谁接替吗?"

"我相信你已经安排好了。"我回答很简略,连我自己也弄不清楚为何对她如此言简意赅。

"毫无疑问,我都安排妥了,"她解释道,天使般温和的目光在她的眼中永远消失了,"见过你的人,都会觉得自己一无是处。"

她成功地唤起了我的好奇心。

"玛格丽塔,你脑子在琢磨什么?"

"没什么。你的事业一帆风顺。你有钱、有名,年轻有为,帅气。你有个年轻、聪慧、漂亮的妻子。我面对你的时候,怎么会不觉得自己就是白活呢?"

"你给妹妹订好婚,就会开心的,你会忘了我的,你像仙女那样跳起纳普伦舞①的时候,就会觉得我也没什么好。"

"走了,机灵鬼!"她说着出去,并没有感谢我准她假。

座机上的第二个电话是文化部部长埃尔文·蒂兹达尔打来的。

"今天下午,我在家里等你,"他对我说,"政府的会结束后。我们一完事,我就发短信通知你,你就马上过来。有急事。"

我放下电话听筒,思索起来。窗外,天空呈现出一片透亮的灰色,犹如热气腾腾的杯子。我的老朋友文化部部长的声音听起来有些异样,带着神秘的喉音,元音都被卡住了。今天怎么了?我心想:早上,阿丽亚娜神神秘秘,现在是埃尔文。让我们等等看之后会出什么状况吧。看不出阿丽亚娜令人费解的举止和埃尔文下午的急事之间有任何联系,我脑子里只想到了埃尔文的妻子艾娃。埃尔文和艾娃,我打中学时起就认识他们俩了。后来上大学的时候,我们仨上的是同一个专业。我想过艾娃……艾娃……我从来不会把我对艾娃的真实想法告诉阿丽亚娜。她根本看不上艾娃,周末他们邀请我们一起出去的时候,她总是勉强答应。我们吵得最凶的一回,也是头一回大吵,正是因为艾娃。在"猴餐厅"晚间一次聚会后,餐厅的乐队唱起《梦想,你的小小梦想》,几乎与艾拉·费兹杰拉唱的别无二致。而艾娃在讲她拉尔兹海

---

① 在阿尔巴尼亚中部地区的订婚或婚礼仪式上时常跳的一种双人舞。

湾的别墅配了什么家具。她眼神迷离,许是想到了那里的落日和清晨带着露珠的草地。她站起来说:

"我很高兴阿图尔决定买挨着我们的那栋别墅。这样,我们两家就能一直在一起,孩子们也可以一起玩。"

阿丽亚娜一晚上都闭口不言。我尽力示意她,怂恿她一起聊聊,但是她固执地沉默,把一丝越发难以忍受的不悦倾泻在席间。

深夜,在床上,她发火了。艾娃·蒂兹达尔知道我买了别墅!而她,我的妻子,却什么也不知道。"你错了,"我徒劳辩解,"我什么也没买,我们只是说说而已。"

"'我们'是谁啊?"阿丽亚娜嚷道,"我和你吗?还是你、埃尔文和艾娃?因为我什么都不知道。"

我想解释这只是埃尔文的一个想法,他希望我们能买下挨着他家的还未售出的别墅。那别墅小一些,房间也少一点,但是很温馨。

"可我们哪里有钱买别墅?"阿丽亚娜问,越发不信,狐疑至极,"我们哪有那么富裕,想什么买海景别墅。我们还没有还清地拉那这房子的贷款。贷款还得再还上两年。"

"埃尔文会帮助我们的。"我回答,惊讶自己居然这么解释。阿丽亚娜瞪大了眼睛,在床上撑着双肘。

"埃尔文?他把自己的钱借我们吗?为什么呢?他能从我们这儿得到什么好处?"

"我是他二十五年来最好的朋友,"我说,竭力摆出一副可信的样子,"我是他的合伙人……"

"合伙人?"阿丽亚娜问,一侧的眉毛高高一挑。她的双眉纤细,有些气势。"我知道你是他的顾问,不是合伙人。"

"我们交换意见,"我又说,陷入僵局,"这是一回事。你比任何人都清楚我与埃尔文的关系。"

"我比艾娃还了解吗?"

"够了,现在,阿丽亚娜。"我起床,走到窗前。清晨下起的细雨还没有停,夜色中,昏暗的雨水在玻璃上涂涂画画。在晚归的车灯的映照下,湿漉漉的柏油路不时泛着光。对面的另一幢大厦楼顶有一个葵花油厂家的广告,欢快地闪烁着。我根本受不了葵花油,我胡思乱想起来。

"够了,"我又说,"我不理解你为什么如此大吵大闹。"

她仰躺在床上,像晚秋一样的浅栗色头发披散在枕头上。我真想在她身边躺下,摸一摸她的大鬈发,但是我知道她准会立马背过身去。突然,我忘了因为艾娃和别墅引发的口角,端详着她失魂落魄的双眼,遥想起我们曾经的谈话。在湖边散步的那天,她与"无关紧要的那个人"打招呼时,就是那副眼神。从根特·拉迪的葬礼回来时,亦是如此。因为,我确信,她那天去过"无关紧要"的陌生人根特·拉迪的葬礼。

但是,总的来说,我是个抉择果断的人,不纠缠已经过去的事情。而根特·拉迪,无论他是什么样的人,他和阿丽亚娜有过何种关系,如今他都死了,下了葬,他的事都过去了。她亲眼见到他的棺椁放入了潮湿的褐色墓穴，也许她还在上面添了一铲土，墓穴形成的土堆就像小金字塔一般。

我又在床上躺下，小心翼翼地保持着距离，不去碰她。

"你别弄那栋别墅了，"她冷静地说，依旧背对着我，"我不想再听到别墅的事。"

我本想对她说"我已经签了合同"，但是我忍住了。我没觉得我什么也不告诉她，一切回归之前的状态，可能会伤害到她。我怎么也想象不到她会如此生气，任何解释的机会也不给。我没想到她会那么强烈反对，相反地，我本以为面对惊喜，她会欢呼雀跃。那可是拉尔兹湾的海景小别墅啊！

我们再没有谈论过别墅的事；解除合同的事我一直往后推，想等到不得罪埃尔文，等他淡忘了那天晚上她在"猴餐厅"的表现时再说。

一早，阿丽亚娜懒洋洋地醒了，起床，她说她要去都拉斯，参加欧盟委员会举行的一个环境会议，会议需要意大利语同声传译。我注视着她说：

"你好像说过不去的，因为他们给的钱少……"

"嗯，但我又答应了，"她回答，"钱，即便有点少，但还是得赚……"

我感觉她好像没有对我说真话，但是我也没有再问。我拿起公文包出门，身上很沉重的感觉。

27

* * *

埃尔文·蒂兹达尔独自待在一栋大厦十六层的公寓里,此处可以俯瞰整个地拉那及其四周环抱的群山。达伊特山,从云层中微微探出,落日的余晖投下点点的红光,仿佛山上变黄的、棕褐色的树木近在咫尺,就在艾娃和埃尔文的阳台没安窗帘的落地窗前。

埃尔文·蒂兹达尔还穿着衬衫,打着领带,他眼睛下面多出了两个大大的黑眼圈。他打电话给我的时候,早晨便觉察到的危险愈发强烈起来,我浑身重得像是装满了石头。

"部里给的节目经费出问题了。"我的部长朋友直入主题。

我的额头微微一皱,明白他何出此言。就像我对你解释过的,几个月前,承办和运营《魔眼》节目的"阿尔巴尼亚至上"公司获得了一笔丰厚的公共资金。总的来说,"阿尔巴尼亚至上"公司打败了所有提交标书的投标人,反对党报刊顺理成章地攻击了部长和他偏袒的公司。除非有特殊情况,政府做出决议,认定所策划的项目对社会有益,否则法律不允许利用公共资金为私营公司注资。显然,我的公司的文化项目被当成对阿尔巴尼亚民众最有益的项目。

"问题闹大了。"埃尔文望着又被云遮住的达伊特山说。我觉得,他正在关注一片奇特的云的动向,看来它即将没入紫光深处。"卷宗已经递到检察院了。"

艾娃走进来,她打断了消息给我带来的震惊。谁知道有多少回,我惊艳于她普通却掌控一切的外表。艾娃不是美人,却以美人自居;她并不聪明,却不给他人开口的机会,因为别人说的一切,她都明白;她的穿着并无品位,却吹嘘在地拉那就她穿得有"范"。每次,我们从他们那里离开,阿丽亚娜就嘟囔不停,我都厌恶起"范"这个令人作呕、无知自大的词。我自己也觉得根本无法理解人们怎么受得了艾娃,还都说她好。艾娃·蒂兹达尔就是对谁都说"心肝""宝贝",语气都带着惊叹和好意的那类女人。

"我亲爱的阿丽亚娜好吗?"她一进来就问,不等回答,她又说,"我好佩服阿丽亚娜,她把你照顾得这么好。瞧瞧,她给你熨的衬衫。棒极啊!"

我本想对她说"这是我干洗的衬衫",但是我没出声。这与她无关。我也明白,她实际上是在调侃我,因为她非常清楚阿丽亚娜不和她说什么家务事。艾娃又细又黑的眼睛,带着一贯的艳羡窥探着我。

"哦,"她接着说,"我太期待你们来别墅了!我们将会过得很愉快。别墅另一边住着总统的妹妹,而对面,那栋绿色的别墅,我见过地拉那法院的院长走了进去。我们不赖吧?即便与普通人一起住,我们也会过得相当好,因为我们也曾是普普通通的人,但是与这样的名人为邻也没什么不好的。缘分如此,如今我们也成名人了,是不是,埃尔文?"

"我明白，"埃尔文不假思索地说，"艾娃，你总是很厉害。看看我有没有收到什么好邮件，我正等着呢。"

她远远地抛过来一个飞吻，转身去了另一个房间。大厅里还飘荡着她的柴郡猫①般的微笑和香奈儿邂逅香水的芬芳。

那天夜里，离开部长家后，我去了自己的办公楼，把车停在车库里，却没有进门，上电梯。我想走走。拐进议会办公楼旁边的马路，我来到了民族烈士大道上。两侧人行道旁高大的松树滴着松针上残留的雨珠，大学主教学楼射出的蓝光打在白色大理石墙上。奇怪，车辆稀少。或许是潮湿的松树上吹来的冷风和柏油路反光的缘故，我感觉地拉那似乎又回到了二十年前的光景。罗格纳酒店灯火通明的大门口，驶入了几辆 CD 牌照②的汽车，车里下来参加宴会打扮的男男女女。谁知道什么人会到场，我想，眼前闪过"24 小时新闻"电视台的一段消息，里面出现一个头发灰白的人，应该是欧盟使团的高官。"腐败……透明度……法院……被分享的权利……欧盟希望阿尔巴尼亚政府更大力地对腐败宣战……阿尔巴尼亚加入欧盟的进程很大程度上取决于在……方面腐败程度的高低……"

我松了松领带。"阿尔巴尼亚至上"公司的标书卷宗，我第一回琢磨，为什么阿尔巴尼亚私营公司爱起如此夸大其

---

① 英国作家刘易斯·卡罗尔的童话小说《爱丽丝漫游奇境》中的虚构角色。
② CD 牌照指的是外交车辆的牌照。

词的英文名？要是我和阿丽亚娜谈这个话题，她定会噘起嘴以示不屑。自卑情结、天真、资本主义婴儿期、无知自大、落后、虚伪。够了，阿丽亚娜，我心想，怎么眼前会冒出你来？因此我没回家，不想听你说话。

潮湿沉重的空气让我无法呼吸。检察院，公司的卷宗。埃尔文无法全身而退，他身后还有投标委员会的成员。我知道，两三天后消息就会出来，拖不了的。他一切都参与了，就像暴风雨来临前瑟瑟发抖的空气。我又解开了衬衫的一个纽扣，我热疯了，像小孩子那样，浑身出汗。我想，我正惊恐万状。

我不应该惊恐。我应该好好想想，找到减少损失的办法。要中止诉讼。我不应该感到惊恐。没理由。原因不合理。

我想，我有个光明正大的理由。这句话我大声说出来，甚至带着赶尽杀绝的语气。合情合理啊。我回过头，在十字路口指挥车辆的警察难道听到了我的话？他站得很远。太荒谬了。没有人听得到我脑袋里轰鸣着的想法。

阿丽亚娜埋怨我的时候，我就应该解除别墅的合同。现在太迟了。两天后，消息就会人尽皆知，我不可能采取任何行动，只能期待奇迹发生。

晚饭时，阿丽亚娜问我：

"出了什么事？我看你一直在思考。"

我对她说出了实情。"阿尔巴尼亚至上"公司赞助一案的卷宗，被当成腐败大案的头号卷宗，已递到了检察院，而这家公司把它的产品《魔眼》卖给了视窗电视台。

"那又怎样？"阿丽亚娜冷静地说，对事情很不屑。对她而言，谈论此事与探讨艾娃家客厅窗帘的颜色一样无趣。

"别装作你不明白，"我阴郁地回答，"明天或者后天，我和埃尔文的名字就会上新闻。部里会被指责我们徇私，因为他们已经发现其他的公司曾对类似的项目提出成本更低的报价——这是至少他们可以说的。"

"我不觉得吃惊，"她小心地拿起一片生菜叶，用刀对半切开。我一直厌恶她的这种姿态。阿丽亚娜接着说，"我提醒过你的，那些与别墅有关的肮脏交易，会牵扯上我们的。"

"这与别墅的事无关，"我反驳，"别墅我们还没有买，从我们的口袋里还没掏一分钱呢。"

"是从你的口袋里还没有。"她纠正。

我瞟了她一眼。自从她把我们的钱分开起……直到不久前，我们的一切都还是在一起的……

"'阿尔巴尼亚至上'公司从国家拿到了资金，一笔相当大的数额：十二期节目花一百多万欧元，政府出台的决议说，这个节目对阿尔巴尼亚社会很有必要性，有教育意义，"为了让她理解，我慢条斯理地认真解释起来，"也就是说，因为是大股东，我赚了钱……"

"至此，你们没有违法，"她说，"不过，部里可能会被认定为徇私和客户至上……还能有什么别的?"

"更糟糕的是:公司已经把节目卖给了视窗电视台,又入账了七十万欧元。也就是说,同一个行为,公司赚了两次钱。一次是国家给的,是公共资金;另一笔是私人给的,这是违法的。而且,我们相当低调地上映节目,仅花公共资金那部分的钱。这销售的第二笔钱,我给了埃尔文,回报他招标时偏袒我……我可以给他,怎么说,属于他的比例……因为挪用,得有公共资金的票据,太难了……"

这回她放下刀和生菜叶,认真地打量了我一下。

"那他,要用这些钱,让你白得那套别墅?"

我难以呼吸。瞪着眼睛,眼前展现出未来的场景:报纸上的大标题……每天晚上的反腐败节目……难以推开的检察院沉重的大门。

"不……不是……我们没有说过这个……"

"艾娃说了……那天夜里……怎么被发现的?"

"一个演员,名叫罗兰德·米霍,他没有得到承诺的那些钱,就开始刨根究底。后来……事情就这么闹起来了。国家监管局的稽查官一查到底,揭开了整个运作过程。爆出招标委员会的成员之一,也就是那个演员的好友,因为反对,他没有在记录单上签字。这位成员被传唤、询问,他说自己没签过任何字,但是在记录单上却有他的签名。"

"你们造了假?你疯了吧!"

"不是我。我对所有乱七八糟的事一无所知。有人替他签了个名。"

"那也就是说，招标委员会就是摆设！"

"显然是的！不过，他的投票很管用的，没有他那张票，构不成多数。"

"那冒充他签的字，肯定是埃尔文安排的吧！"

我耸了耸肩。

"也许……否则事情怎么办成……"

"那别的呢？还出了别的事吗？"

阿丽亚娜挑眉，我知道她立马明白了我下面想要对她说的话。生菜叶被切成了四个薄片，还剑拔弩张地躺在大盘子的中央。

"那么，说真的，"她说，把刀放在桌上，终于放弃了生菜叶，"钱有了，多了很多。你可以不向国家要钱，仅用从视窗电视台拿到的钱就够你做节目了，可是……埃尔文怎么赚钱呢？是这样吗？"

"你理解得非常准确……"

"那你现在为什么对我说这些事？你从来没有告诉过我这些事！"

"因为……"我转向窗子，说得很慢，小心措辞，像是担心说的话会碎一样，"因为，我觉得你已经疏远我了，很奇怪，令人无法理解，也许你是对的。我们曾经生活在一个被玻璃分隔开的世界里，虽说是透明的，却无法穿透。即便没有发生所有这一切，我也想好要告诉你了。"

"你要告诉我什么？"

我转过身，注视着她。她的眼光仿佛一个陌生人。栗色中带着绿，如同秋天的景致。头发也是落叶的颜色，在我看来，就像另一个女人的头发。

"一切。包括一个丈夫可能不会告诉他妻子的事。"

"比如？"

"比如……钱。你不知道的一切。"

"我不知道这些骗局？"

"你就是这样看待我做的事情的。而我为的是确保获得我们可以享受的好处和安宁。"

"我不想再听下去了，"她说，眼光在大厅里游荡，陌生得像在扫视别人家的大厅，"我不想知道……但是，我要考虑一下……"

我盯着对面墙上的大幅油画，上面的房屋彼此扭曲地挨在一起，传递出不自然的讯息。我目光注视着住在我家的那个女人的后背，觉得我既不熟悉她的眼神，也不认识她的声音和行走的姿态。

此后的日日夜夜，我觉得事情一天一变，就要让我失控了。就好像是折磨人的似曾相识的事情，夹杂着注定要发生的感觉，仿佛别人的遭遇如今正应验在我自己身上。否则，我根本无法解释，为何我屈服于面前看不见的深渊，顷刻间就会坠入其中。我觉得，这一切都始于埃尔文劝我挪用部里的资金买别墅，好让我们俩都获利，别墅就像钻入我身体的蛆虫。但是，为了实现这一点，掩盖一百七十万欧元的数额，造成这笔钱在一年十二个月内支出的假象，就得把财务部门拖进来，特别是让财务总长加入。听埃尔文说，因为她是个寡妇，需要独自抚养一个智障的孩子，很需要钱。因此，给她点东西作为回报，让她替我们不存在的活动找增值税发票。再用这些"省下来的钱"养肥节目的主演，由他肩负重任，确保这些发票，比如宾馆饭店的发票、打车发票、租用会场的发票等等，诸如此类，看上去像都用于开展一系列业务。在这个计划中，有些进展得并不顺利。首先，罗兰德这个演员，对报酬不满意，因为他想要一次性付款，而不是我想要的分期付款。可银行是分期付账给我们的。部里有部里的规章制度，资金到账晚了很多。视窗电视台告诉我们，钱下半年才能给我们，得等他们自己的钱解禁才行。罗兰德大怒。他是个最底层的演员，目前在屏幕上做运势节目主持人，但受那些家庭主妇和无望之人的热切追捧。我相信您看到过他，他那种人，以为自己是主角——巴尔干运势的大预测师。他威胁起我们来，说他要一次性拿到我们许诺的全部钱，要是我们不给他，他就去告我们。我满足不了他的要求，因为我得转给埃尔文他的那部分，得支付节目所需的全部费用，开支超过了可支配的金额，而且我还得偿还我的分期贷款。我想着预付五千欧元平息他的怒气，并承诺他剩余的部分新年前给他，打消他的顾虑。但是，显然，此处我犯了错。他疯了,去文化部副部长那儿告状,他是执政联盟中一个小党的党员,但不是埃尔文所在的党的。副部长呢,对部长疏远他不满得要死,手里又没有半分权力,他并没让罗兰德多说,就直接去最高财政监督局举报,局里检察官立马出现在了部里财务部门的办公室。

所以说,这所有的事情都源自我看上了拉尔兹海湾的别墅。源自一天晚上,埃尔文对我说,我有可能买下就在他的别墅旁边的那栋该死的别墅。要是我愿意,要是我拿到公共资金,除了售房款,剩下的我们可以平分。如今我痛苦不已。即便没有拉尔兹海湾的别墅,我也能过得相当好,好得就像我身边的其他人那样。

突然,我开始审视我周遭的那些人:阿达,新闻主任,没有别墅,与父母住在恩维尔时期的一幢老公寓里。她的脸一直神采奕奕,仿佛天天都中彩票。艾迪,总摄影师,没有别墅,和爱尔巴桑女友在郊区租个小房子住,什么都不在乎,一天到晚乐呵呵的。克里斯蒂,《您的下一个人生愿望》节目的编导,一眼望去就像是过得什么也不缺,可是实际上他在拉尔兹没有什么别墅,在阿尔巴尼亚度假海岸的任何一个地方也没有。格尔特·马吉斯塔尔,像影子一样跟着我,是个身子单薄的人,我总怀疑他根本食不果腹。他的眼睛总显得很饿的样子,但他讲起笑话来总是笑死人,他们常常大笑不止,笑得坐到地板上。

他们所有人都很幸福。我曾经也和他们一样幸福,我一边思索着，一边回忆起所有表达幸福就在身旁却不了解、找不到的谚语，表达贪婪的谚语——被子多长腿就伸多长。奇怪，我到底要什么呢？还有其他种种阴暗的念头，或许更多受了阿丽亚娜一脸死气沉沉的影响。同时，我与埃尔文的谈话越发多了。"我不能允许仕途受损，被迫辞职，"一天晚上，我们在第八旅路的米格尔餐厅吃饭时，他对我说，餐厅里红色玻璃台灯在厚木桌和白餐布上投下血红的光影，"我必须找到解决办法。你想办法说服电视台的那些人，把消息再往后压两三天。"

"明天，所有其他电视台都会报道的，"我对他说，"还有报纸。你忘了报纸了？那个《闪电报》正兴高采烈着呢。"

"闪电劈死它！"埃尔文说，"无论如何，我有个主意，一个能够平息暴风雨的主意。"

我抬起双眼，注视着他。

"我不知道发票是怎么回事，"他对我说，"我盲目相信了财务部门的人。"

我又注视他，但是这一回目光里带着震惊与迷惑。这么说，是好还是坏呢？

"我会说，我不明白发票造假的事。我的签名有相关的规定吗？没有。我会分辩说一切都是政治对手为坑害我弄出来的一个阴谋，是财务总长的事，她还伪造了站出来反对注资的那个委员会成员的签名。那个演员是在胡说八道。他没有任何证据证明他说的那些话。"

"这个财务总长是什么人?"我问他,越发摸不着头脑,"要是她上法院告你呢?"

"她?告我?"埃尔文笑起来,这么多天,我第一次觉得他有些不太紧张了。"她就是个失败者,一个早已完蛋的人。因为我的一个朋友求我,她才坐上了那个位置。她既没能力,又笨,只会给我惹麻烦。这次,我正好搞掉她。"

"但是……"我心中疑惑起来,"你可以和我说实话。你要找她当替罪羊……她只是听命于你而已。是你让她伪造签名的!"我目不转睛地盯着他,快窒息了,突然出了一身汗。

埃尔文又是一笑。

"她就是个要走的人。我们可以说她连电脑都不会用,撤了她。没有人会管她的事。我们只要告诉她,晚些时候再给她找份有薪水的事情干。"

那天晚上,在米格尔餐厅,他可怕的想法再次刺激了我,我眼前的他成了一个陌生人,就好像最近阿丽亚娜对我一样。直到一天以前,我周围的世界都聚集着能干出惊人之举的年轻人。埃尔文已经想好要让某人下地狱了,那人害怕失去工作,才迫于他的压力行事。

我想自己不属于他这种残暴的类型。我……我承认犯了法,但我的行为并没有损害任何人……除了国家的税收受损以外……但税收是无形的东西,在眼睛都看不出来,手也接触不到的浩瀚的税金海洋中,无关紧要……我没有损害任何人的生活。

我一直这么想。

但是，看来，我将为此付出无比昂贵的代价。

在公司调查之后，检察院应埃尔文的要求与建议，也翻看了财务总长的卷宗。我也被叫去仔仔细细地问了话，连节目预算的开支方式这些最小的细节都被盘问了。后来，他们又问了我别的问题，譬如我从哪里弄到那些钱，买下三层别墅。我坚持说那不过是一份预售合同，实际上我还没有搞到钱，但是提问者的目光让我到嗓子眼的话又咽了下去。同时，电视台通知我，既然我在接受调查，就不能再主持节目，得安排别人接替。而且，当我发现大家的微笑相迎、问候致意已经变了味，就明白很快我得舍弃自己喜爱的公司、热爱的节目了。

我小心翼翼地搭建起来，毫无裂缝，或者有可修补的小裂缝的世界，正摇摇欲坠。突然，我不再处于山脊的顶端，正往山底下滚去。突然，我意识到这是我人生中的第一次失利。我一直向前，一直往高处走，一次也没有走过下坡路。

在这次翻落深谷的过程中，我怎么也没想到，阿丽亚娜会推了我决定性的一步。

我不得不给她找些别的解释。我还得告诉她，埃尔文正要把罪责都推到财务总长身上。

阿丽亚娜眉毛高高一挑，说：

"你没开玩笑？"

"什么?"

"你同意埃尔文这么弄虚作假!"

"我根本无足轻重。他已经行动了。"

"你可以做你自己的事。"

"照你看,我要做什么?"

"你可以告诉视窗电视台的那些人,不要在新闻里出现她的姓名。因为这是非常不公正的。至少,你可以不脏了自己的手。你可以做到的,不是吗?"

"我做不到。"

"为什么?"

"因为我什么都不应该再掺和了。我得站得远远的,能多远就多远。我根本救不了那个女人。再说,视窗电视台也不相干。现在,新闻是属于整个媒体的。"

阿丽亚娜久久地注视着我,没有说话,眼里充满恶意。我根本找不到别的形容词。那是一种非常奇怪的眼光,像是从伤口射出的一缕暗蓝的光。

我们都不再提埃尔文的事。它就像达摩克利斯之剑悬在我们的头顶。我总觉得,即便埃尔文毫发无损地逃脱了,我迟早也会被牺牲掉。这种越发肯定的感觉让我内心惶恐不安。我与埃尔文之间有点不对劲了。一天里,有两回他不接我的电话,这是以前没有过的事,剩下三回他说话含含糊糊:"我们再见"……"我们再联系"……"我晚点给你打过去",实际上,他却没有给我打。

周日晚上，不幸彻底发生了。我一下子滚落到谷底，被漩涡吞噬。曾经并不入耳的谚语和说法，我如今都确信无疑：自掘坟墓、引狼入室、乌云压顶、无端瞎乐等等。但这些世界末日来临的表达安慰不了我，反而更糟心。

那个周日的下午，就像我们第一次见面的周日一样，下着雨，不过因为还是十二月初，天气没有那么冷，阿丽亚娜打开电视机看新闻。我说别打开，我根本不想听到那些消息。但是如今，她习以为常地沉默不语，也不回答我，摁下了按钮。

视窗电视台头条的第一段新闻恰恰就是财务总长法特米拉·赛丽姆——我完全陌生的名字——接受调查，因为埃尔文担任部长期间一次也没对我提起过。一张普普通通的女人的脸出现在重磅消息所配的照片上，她双眼上布满皱纹，一头波浪鬈剪得很糟，以至于我有些惊讶，埃尔文怎么会让这样一个平庸之辈当财务总长。显然，厉害的竟是那份对她的推荐，埃尔文才给了她工作。

我正仔细地听着新闻，想弄明白调查会进展到什么程度——检察院是过过嘴瘾呢还是动真格的。此时，我看到阿丽亚娜站了起来，双眼凝视着我。那缕骇人的蓝光又闪烁起来。

"这个法特米拉·赛丽姆替埃尔文做事？"

"我也是几天前才知道这回事的。我不认识她……"

"那你们就把所有的罪责都推到她身上？"

"不是我们推给她,是埃尔文推的,不是我。"

"那你可以劝阻!"

"我不能再轻举妄动了。连我也会被怀疑的。"

"阿图尔!你是同伙!"

我笑了笑,有点凄惨。

"你真会说大话!亲爱的,他们是记者。他们的目的就是把一切发生的事情告诉公众。明天,我就会成为公众不绝于耳的对象,记者也会骑在我的背上讨生活。"

她还是盯着我,好像我是选战高潮时她面前最残暴的政治对手。

"你打电话给编辑部,试试晚饭时别重播。"

"阿丽亚娜,别胡说八道了。所有的电视台都在转播呢。明天,这个丑女人的照片就会刊登在所有报纸的头几版上。我根本救不了她。"

"这是在拯救你的良心。"

这一回轮到我注视她了。以前,阿丽亚娜从来没有表现出对道德原则的尊崇,至少没有如此强烈的爱憎。她一直追求轻松舒适的生活,这我已经为她实现,而她从来没有想过这一切是怎么来的。晚饭时,我回到家里,有时候也会感到难受,为在节目里自己所嘲弄的事、取笑的人心中愤愤不平,她看我主持的节目,从来没有责备过不公正。她没发现我混沌的目光,没注意过我严肃的表情,更没有把某人入了狱或是声誉受损与搭档白发女魔玛格丽塔的我联系起来,把我当成《魔眼》的主要射手。她根本受不了埃尔文的妻子艾娃,她说艾娃一无是处,急功近利,弄虚作假,肤浅又没有耐性。但是,我不觉得,她对艾娃的态度代表着她对社会道德问题的总体立场。

"有什么我不知道的事吗?"我目不转睛地问道。

对我冷冰冰了那么长时间,她还是头一回显得心绪不宁。她的脸微微一红,眼睛望向窗外。

"怎么了,能有什么事?"她回答,但是听声音,我觉得她没有说实话。

接着,她走出了房间,又穿上衣服,说是要去她母亲那里,但是与我道别时,她却看也没看我。

那天下午之后,一切就急转直下,犹如来势凶猛、疯狂、无法停歇的雪崩。我处于雪崩的中心,被传唤到检察院,我的名字出现在所有的新闻节目中,成了各个晨报的标题。莉莉小姐,您没有经历过这样的事——说实话,到了那段时间,我方才知道那位知名记者格兹姆·沃尔普斯在早上八点读的报纸标题有多重要,我不明白为什么头版上的所有标题,他只读了与我有关的那些,而忘了其他。在我的生命中,我第一次明白了媒体的力量。我曾有能力随心所欲地决定别人生活的走向,却一直不知如果自己处在对立面会是什么情况。埃尔文的名字,一次也没有被提到,提到的只有我和那个可怜女人的名字。我痛恨所有的报社主编,痛恨相关版面的记者,他们都使用这样的标题:阿图尔·拉多瓦尼——接受调查的超级名人……文化部造假案的一号同谋被扯下面具……造假计划终止：文化部顾问和财务总长，加上有罪的滨河建筑公司，阿图尔·拉多瓦尼之流正在损害属于全民财产的河流……

尽管新闻标题瞎安滨河建筑公司的名头，我与它们毫无关联，却都谨慎至极地避开了部长个人不提，只泛泛地谈文化部这一机构。

倘若不是遭遇了这一不幸，我永远也不会理解，一个常人一旦沦为媒体的猎物，他的生活会如何变化。我开始琢磨媒体的秉性，就好像我直到几天前才与这一群体或类别为伍。如今，我认为他们都毫无人性，因为他们是新闻的吸血鬼，靠着吸人血来牟利，靠着我们的失败、我们的苦痛生活——因为他们并不在乎我们的心灵和生命中正在发生什么。

我觉得，我好像听到阿丽亚娜默默地对我说："那你呢，直到昨天，你不也和那些人一样作为吗？"

此刻，我有点察觉，阿丽亚娜一直以来都是这么想的，只是我并不知道，我根本没理解她的想法。我睡不着觉的那些夜晚，会看拉尔夫·费因斯和蕾切尔·薇姿主演的一部电影《不朽的园丁》，费因斯在电影里扮演直到妻子死后才理解她的丈夫。他开始寻找凶手，但实质上，他开启了认识他妻子的内心和世界观的旅程。于是，渐渐地，一边拜访她的朋友和同事，踏遍她去过的地方（她在非洲工作过，抗议过非洲制药厂的恶行),一边揭开她的内心世界,理解她为之献身的思想与原则,而这些东西他曾经不懂得去感受、去理解。他自己也死在湖畔——她昔日留下足迹的地方,被同一伙罪犯杀害。这位丈夫有点怪异、内向,这是他唯一的缺点,而我也不可能拿他那些正直的品性自比。阿丽亚娜,在我看来,也和电影中的女英雄不在一个级别上。不过,他的痛楚恰好刺痛了我的心,我觉得那也代表着我所承受的痛楚。我眼前还浮现着他佝偻的背,在浅红的非洲湖岸中弹之际,他正在祈求他妻子的原谅,原谅他的不理解,正期待遇见她,从今往后,无论他化作能量,还是宇宙中的光亮,相遇在思想与情感的虚幻空间。

我期待,在极其幽暗的深夜里,我与阿丽亚娜不要遭受他们的命运,我们生前而非死后就要重逢。

在所有的报纸中,《闪电报》是最揪住我不放的,特别是一个名叫谢丽·塞费里的女记者写的文章。她是我们的白发女魔玛格丽塔的密友。我对她了解不多,只在邀请她上节目的时候见过。直到嫁给一个意大利人之前,她一直寂寂无闻,是从一座死气沉沉的省城来的无能之辈,女同事都调侃她穿着自己织的毛线泳衣去海滩。你想想看吧。自从她把意大利人耍得团团转,她自个儿就一跃成为社会阶层中的上等人。她所进入的社会阶层是在她毫无色彩和意义的梦境中一次也未曾出现过的。意大利人是《闪电报》主编的好友,后者给这个切丽梅·塞费里安排了工作。你信不信,这个无名小辈的原名如此难听，和她土生土长的城市一样。意大利人很快从阿尔巴尼亚人对她名字的别扭反应中明白了其名的不妥之处，给她改名谢丽。不到一年，谢丽·塞费里就执掌了《闪电报》的经济和政治版块。我想《闪电报》主编感觉到他的机会已经来了。因为用别名谢丽的切丽梅，这个一辈子从没看过一本书的人，根本不懂何为原则，何为尊重，何为秉性、身份或是人品。这种人能肆无忌惮、在任何时候攻击任何人，能迅雷般勒索他们，部长、议员、获奖作家、环保科学家、要求教育秩序的教授，以及竭力捍卫正义、不偏不倚的总统，都不在话下。谢丽乐于大开杀戒。更不用说，意大利人在地拉那根基很深，公司一家家地开，从生产内衣的工厂到建造高楼大厦，他狠辣地把自己的触手伸向所有的左右翼政客，以及全部阿尔巴尼亚开发商和制造商精英。无疑，他不是单打独斗，或许他代表谁，身后站着谁，但是无关紧要。而谢丽·塞费里，一米五九的身高，弯弯的腿穿上黑色长筒袜就像两条支架，头发黏糊糊也不洗，脸色发黄，目光不善，突然被赋予了无限的权力。每次格兹姆·沃尔普斯早上读报，她的专栏打标题起就让人惊悚。莉莉小姐，我落入了她的魔爪，您可想而知吧。

两周里，谢丽不厌其烦，每天专栏里针对我的标题都是这种风格：阿图尔·拉多瓦尼——窃取文化部，与首犯法特米拉·赛丽姆同谋！另一个丑闻曝光，检察院的胜利：罪犯阿图尔·拉多瓦尼最终戴上正义的手铐！阿图尔·拉多瓦尼——视窗电视台里建筑黑手党的第五纵队！公共资金吸血鬼阿图尔·拉多瓦尼，踩在那些被他夺去最后一口面包、被迫自杀的骸骨身上！让我们好好挽救杀人犯阿图尔·拉多瓦尼吧！

您猜得到，现在我已经是全首都最遭人痛恨的人。我不知道为何他们不停地把我与建筑公司连在一起。也许因为建筑被视为阿尔巴尼亚最暴利的行业，毕竟，通俗来讲，开发商都是坏蛋。我视窗电视台的同事，虽然都知道我完全不是谢丽·塞费里描述的那种人，但也不接我的电话。一位为人最坦诚的同事还恳请我别再给他打电话。他不愿意搅入一桩这样的丑闻——大家会猜测他也从公共税收里拿了钱。

正面攻击开始的前一天，阿丽亚娜不见了，就是晚上她劝我别第一个发布法特米拉·赛丽姆新闻的第二天。

那天晚上，她睡在书房里。早上，她没有与我道别，却把儿子送到了学校。她的穿着与往常一样，拎着普普通通的手包，天在下雨，她还拿了一把蓝色的雨伞，这下了一个月的雨，快把我们都淹了。我不知道为什么她脖子上鸡爪色的围巾残留在我的脑海里，围巾与她的头发很搭。

午饭时，我妈妈打来电话，对我说儿子在他们那里，阿丽亚娜对他们说她下班会晚，接不了放学的儿子。我听到这个消息时感觉有些异样，有种不明不白的东西，像风暴到来之前空气里到处都有的焦躁和憋闷。

晚饭时，她没有出现。夜里十点，我再也忍不住，打她手机。手机里传来话务小姐的应答。夜里十一点,还是那样。她没有在她父母那儿,也不在她三两好友家中。谁都一无所知。早上,烦躁无眠的一夜过后,我翻看了衣橱和抽屉。少了几件毛线衣,一件厚外套,两条裤子,一双鞋和靴子。她去国外或在国内参加两三天商务会议时常用的小箱子也不见了。我对有些吃惊妈妈不在家的儿子说,她去外地出差了。他看着我没有说话,眼睛像极了阿丽亚娜。他说:"怪不得妈妈把我留在学校时,紧紧地拥抱了我。"

从她没留下任何去向到今天,已经两周了。她离开的那天,报刊上对我的攻击爆发,谢丽·塞费里是攻击的主使。我没有告诉任何人她离家出走,她的父母也没有说,只是对他们谎称阿丽亚娜去了意大利,给一个地中海会议做翻译。他们小声嘟囔不知情的原因,但我都给安抚了。您会问我怎么不担心她发生什么意外。因为我知道她不会有事的,她是离我而去了。她对我良知的泯灭有看法。何况,她还拿走了随身的行李箱。

我的邻居和朋友吉姆·福尔杜兹建议我求助事务所,来之前我考虑了很久。我不知道您舅舅给福尔杜兹解决了什么事,但是我知道我的朋友非常满意。虽然他为我揭开了一个非常痛苦的隐秘,他说。起初,我犹豫不决,媒体可怖的攻击和检察院的传唤令我震惊,但是,后来应该去找她的念头说服了我。或许,她孤单一人待在哪里,被巨大的疑问折磨,或许她以为她确实嫁给了一个自己不认识的怪物,或许她想念儿子……我没有去警察局，因为去了才是没事找事。那里总有一两个记者，他们每天早上都去逮些劲爆的消息。塞费里和玛格丽塔，都会像獾一样兴奋得趾高气扬。

莉莉小姐，现在我孤身一人。我一直并不了解"孤独"一词的真实含义，只是字面上用用罢了。在我看来，独自一人，就是比别人活得久，别人都死在他前头。

但是，"孤独"居然是能感知的，有形状、颜色、气味和厚度。它既像方方正正的、墙壁涂了孔雀羽毛色的卧室，又像棕色的木头餐桌；它带着楼道和衣橱门里的凯卓香水味；又如电视对面的沙发椅柔软而令人伤感。它冰冷，驼着背，耷拉着眼，关了机，是空空如也的电子邮箱，是直到天明的无尽长夜，是树上、商店橱窗里的圣诞节彩灯和丝带，是白雪花、数不清的玩具，是嬉笑相互馈赠礼物的人们……

"孤独"居然是一个人度过的新年夜；一月一日首都市民昏昏欲睡的沉默；轻柔得无从感知的喧嚣；长空里回荡的喜鹊稀疏而故作尖利的叫声；一夜疲惫的幸福之人在美梦中微笑时床的畅想……一切都令我有股钻心般的痛楚。我自个儿揣度起"孤独"来，仿佛它是消失在深渊中无从分辨的黑点……

第三章　马克斯

我们在马克斯·库尔特的酒吧度过的漫漫长夜里,阿图尔·拉多瓦尼告诉了我这些事。他背后的台灯,装饰着米黄色的宽条纹,在桌上投下锥状阴影。外面,雨点缓缓地敲打在拉着绿色天鹅绒窗帘的窗子上。在一月这种潮湿的深夜,她现在会在哪里呢?我想。她随身带了靴子和厚衣服,因此她所在的地方比地拉那更冷。也许是个下着雪的地方。

"与检察院打交道顺利吗?"我问拉多瓦尼,他没想到我会问这个问题。

"嗯……"他回答,像是要把思绪从离检察院很远的地方拉回来,"我不清楚。我以为接下来几周他们还会找我问话,然后再把案件移交给法院……我还会发生什么不重要了……我得找到阿丽亚娜……"

"我明白,"我对他说,"您想过请个律师吗?"

他有些迷茫。

"没有,"他说,"我没想过。但是,我有几位能干的好友。我可以从中选一个。"

"我还得问您几个常规问题,怎么说,就是程序性的问题。您不要误会。"

"请问,"他说,"有用就行!"

"好的。"我说,戴上眼镜,拿出本子和圆珠笔。我原以为有些问题会让他生气。这种情形下,男人通常态度恶劣或者不说实话。现在,我倒要看看阿图尔·拉多瓦尼的自尊心能受得了多重的伤害。

"阿图尔先生,"我开始提问,"您怀疑您妻子可能有情人吗?"

他直视着我的眼睛,不假思索地回答。

"我怀疑过。但是,不再怀疑了。"

"为什么?"

"我怀疑过死人根特·拉迪,在他还活着的时候。但是,他死了。"

"您的怀疑,或是之前对我陈述的一切,都有具体的依据吗?"

"没有,毫无依据,那只是我对您描述的感受。但是,我曾非常嫉妒,毫无缘由,没有任何有说服力的细节造成我的这种嫉妒。"

"您搞清楚您妻子怎么认识这个根特·拉迪了吗?"

"没有,我弄不清。我找不到任何证据,哪怕是蛛丝马迹,让我想到他们之前认识,或者有段什么旧情。"

"在与您结婚之前,您妻子对您说过之前的情史吗?"

"是的。在我们决定要一起生活的时候,我们彼此坦白了一切。我们认为完全的坦白是婚姻稳固的坚实基础。她对我说了两三段感情，但是根特·拉迪的名字，并没有被提到。"

"并非总是如此。"我评论道。

"什么'并非总是如此'？"他问道，不明白我的评论。

"那个有关坦白的问题。坦诚并非总有好处。我认识的夫妻就有因为提起前任，嫉妒心难以抑制，受尽折磨的。"

他耸了耸肩。

"我们没有这样。我们相当地平静，已经从往日的重负中解脱出来。我们再也没有提起过去，过去我们不感兴趣。我们把那些故事从我们的头脑里清空，抛入了遗忘的深渊。"

"这一点咱们暂且这么记吧，"我说，"那么，您认为您妻子已经想好不再回来了吗？"

"不，我觉得她需要分开一段时间。独自一个人待上一阵子，好好反思一下。"

"反思什么？"

"想想我，想想我们俩，想想媒体的不公正，她比我更早预感到了，并竭力保护无名之辈……"

我把他的回答都记在本子上。

"财务总长叫什么名字？"

"法特米拉·赛丽姆。"

"您根本不认识她吗？"

"不认识。现在我冥思苦想，也只能隐约想起在部里我与她打过照面，但是我和她没有工作联系。一张让人留不下什么印象的脸。完全没印象。再说，外聘顾问是不认识工作人员的,更何况,财务部的这些办公室都关着门。她也已经消失得无影无踪了。正在被通缉呢。"

我把这个情况也记在本子上。

"那您妻子,认识她吗?"

"不,根本不认识,"他带着一丝疑惑看着我,"为什么得认识她呢?"

我耸了耸肩。

"我不知道。只是随口问问。您可以提供她的细节:她是哪里人?结婚了吗?和谁结的婚?有没有孩子?住在哪里?"

"我能给您找到,"他回答,有些不耐烦,"但是,我得打电话到文化部,那里……"

"没关系,这件事您交给我吧,"我说,"有人可以马上告知我这些信息。您肯定她的父母什么都不知道吗?"

"是的,完全肯定。"

"那她的好姐妹呢?您说过她有两三个好友。"

"她们也一无所知,因为她们仨给我打过电话,很不高兴,说阿丽亚娜没有告诉她们就去意大利了。她们中的一个,什普蕾莎,几天前过生日,她对我说,她绝不原谅阿丽亚娜缺席她的庆生会。"

这我也记了下来。

"您确认过机场,还有边防站吗?"

"不,我做不到。那个塞费里会发现我的。她会得知我正在寻找妻子,报纸上就会出现恐怖的标题。"

"好吧，这个我来办。您妻子用的是哪家公司的手机？"

"沃达丰。"

"她的手机一直关机？"

"二十四小时关机。"

"她只有一个号码吗？"

"只有一个。"

"您能把号码给我吗？"

"0692022340。"

我记在了电话簿里。

"您能提供她的工作关系情况吗？"

他递给我一张名片，上面写着译者协会会长的姓名和其他资料。

"他们有口译活的时候，就给她打电话，"他解释，"或者是笔译的活：报告或者其他的资料。"

"活很多吗？"

"是的，意大利和英语翻译有很多活。她一周有四五天都很忙，从早忙到下午晚些时候。有时，晚上她也在家里的电脑上翻译材料。"

我把本子放进提包。

"阿图尔先生，"我对他说，"今天我们谈完了。我会整理材料，再给您打电话，请您解释或者补充。毫无疑问，要是我找到一点揭开这个谜团的门道，我会马上通知您的。这件事需要相互配合。"

"我也希望如此。"他说。

我们分手。我与他道别,告诉他我还要在酒吧和我朋友马克斯再待一会,他可以离开。

阿图尔·拉多瓦尼走下酒吧的楼梯,打开门,我看见他举着大黑伞向他的汽车走去。坐入车里前,他抬起头,凝望酒吧的窗户,像是在寻找我。他若有所思的苍白的脸,隐藏在伞四周流下的雨帘后,仿佛《卡萨布兰卡》里的亨弗莱·鲍嘉把他不能爱的情人送到机场的飞机下。

我坐到手里拿着一杯红葡萄酒正等我的马克斯身旁,在酒吧另一角,他坐在红沙发椅上,双腿蜷成了巴洛克式。马克斯,身材矮小,却结实、健壮,剃着光头。我不忙的时候,晚上常常光顾马克斯这里,就像高声自言自语一样,与他交换我的看法。他乐于调侃我调查的案子,但从来不给我不靠谱的忠告或是意见。更多的时候,他喜欢不给我任何建议。虽然,这段友情从开始到现在已经六年了,我对他的私生活却知之甚少,他对我也一样,但是这并不妨碍我们把对方当成挚友。有时,好几个星期我们不见面,那我们会互发此类短信:你活着吗?或是你一点都不想我吗?抑或你不会被人抢走了吧?我们互换书来看,看完一起评论。最近,我们正在看有关耶路撒冷历史的书。我给了他一本蒙蒂菲奥里[①]

[①] 西蒙·塞巴格·蒙蒂菲奥里(1965—),英国历史学家、小说家、英国皇家文学学会研究员。著有《耶路撒冷三千年》等。

的书，他给我一本阿摩司·奥兹①的。

我们浪迹于沙漠，徘徊于荒山，周围是野蛮怪异的一群群信徒，杀人不眨眼的一支支胜利之师；我们陪伴着不肯服输的神父和裹着绣金长袍、傲慢不逊的国王；我们倚靠着寺院的围墙，寻找着"真十字架"②、万物的起源；我们紧跟着历史无法追逐的潮流。

与马克斯一起，我们常常完全沉浸在思想的世界中，不知疲倦。他的酒吧，在顾客寥寥无几的时候，就成了我们更为抽象的观念交流的舞台，直到我们都累了，下一次见面又重整旗鼓。

"案子很费劲？"他问我，一边给我的杯子倒上点基安蒂红酒。

"我没有头绪，"我说，"看起来非常琢磨不透。"他猜测阿图尔知道自己妻子失踪的原因，我却并不那么想。

我简单地把阿图尔·拉多瓦尼对我叙述的情况总结了一下，说给他听。

"问题就出在去世的根特·拉迪身上，"马克斯说，注视着水晶玻璃杯薄薄的杯沿，红葡萄酒的亮光在台灯的浅黄光下穿透出来，"我认识他。"

我睁大了眼睛。

---

① 阿摩司·奥兹（1939—2018），以色列希伯来语作家。著有《爱与黑暗的故事》等。
② 基督教圣物之一，作为耶稣为人类带来救赎的标志。

"你真是个大神人,马克斯·库尔特!"

"我去过他的葬礼,"我的朋友接着说,"在那里,我还看到了阿丽亚娜。我好多年没有见过她,但因为她几乎没有变化,我一眼就认出她来。我不知道她嫁给了这个拉多瓦尼。今晚,从你这里我才得知的。"

"马克斯,你太让我意外了。你不会告诉我,你曾经是莫斯科派①吧?"

"正是如此。我们曾经是形影不离的朋友。后来……后来,根特变了很多……简言之,我们分道扬镳了。"

"阿丽亚娜呢?"

"她以前和我们在一起,也是我们一伙的。她和根特好过一段时间,轰轰烈烈、令人痛苦的一段感情,因为根特总是折磨爱上他的姑娘,但是后来他们分手了,阿丽亚娜解脱了。她继续上大学,有了别的男友。有时,我遇上她,我们说上五分钟闲话就不知道再说什么好了。她不想让人提起根特,所以我们从来不提他。事实上,在葬礼上见到她,我印象深刻。我没有想到她会来。我本以为,当年她就已经与他一刀两断了。"

"我现在特别好奇了。"

"尤其是婚前的那个坦白!"

"特别是!"

---

① 指20世纪50年代前后阿尔巴尼亚国内的亲苏派。

"我决定单身真是太好了!你也这么决定吧,别拖了!"

"我还有时间做决定,"我回答,"别纠缠我,你接着说。"

"我就知道这么多,都对你说完了。"

"那根特·拉迪娶了谁?或者他还是单身?"

"不,据我所知,他娶了一个特罗波亚姑娘。一个长相非常普通的姑娘,但我不记得她的名字了。当时,我们没再见过面。"

"你们之间的争吵居然这么严重?"

"与根特相处就是如此。要么特要好,要么绝交,"马克斯脸上有些黯淡,他垂下眼睛,抿了一口葡萄酒,又捻住杯脚,晃了晃酒杯,"那些年,我们似乎占领了地拉那,似乎世界只围着我们转。根特迅速成为我们那伙人的核心,他天生就是团体的领袖,我们大家都跟在他后面。他带领我们进行最疯狂的冒险,释放最被压抑的热情,面对最可怕的危险。我觉得他好像一直如临深渊,随时准备展开双臂、面带微笑俯冲下去。那时候,他崇拜詹尼·莫兰迪①,还觉得自己长得有点像他。甚至,他开始学他微笑,像他那样背再弯一些。我并不崇拜他,也不欣赏意大利音乐,我把它排在英国音乐之后,但我并没有质疑根特。大海、音乐和汽车的飞驰,这是他的座右铭。变革的风潮就要到来之时,他成为抗

---

① 意大利著名演员、歌手。

议游行的领袖。恩维尔·霍查的雕像倒下的时候，我与他在一起，紧挨着他，我拽了绳子，而他在所有人里拽得最起劲。那天夜里，警察逮捕了他，拷打了他，后来国家犹如受了伤的野兽冲过来，他又冲在最前面，面对冲突。没有人知道，但是他在都拉斯路的弗洛雷斯咖啡馆放了火，并且在最后时刻躲开了警察，避免了自焚。我们举起瓶瓶罐罐，他说，这标志着腐朽的政权已穷途末路。得用火烧，否则它垮不了。我不过分地说，好多次我们都差点死掉……他让我们与死亡为伴，对他来说，致命的危险才是最美妙的游戏，每当攻克艰险，他就觉得完美，感到满足。"

"你讲得太引人入胜……给我讲件差点送命的事吧！"

马克斯的目光越过我，人陷入回忆之中。酒吧里摆满十九世纪三十年代的家具，厚实柔软的地毯，沉重的窗帘，款式极为雅致的台灯发着光，让我坠入了一种怀旧的氛围之中，远去的时光留存在不同人的记忆细胞里，早已滑入遗忘的深渊，可是突然被唤醒来，拼命要重归那刻的光景，那时的岁月。一只中国瓷器花瓶，搁在有两个小抽屉和镀金拉手的三角桌上，映出令人心动的光泽。外面一声响雷呼啸而过。

"哦，"马克斯说，"还是别说了，今非昔比。他的确曾经近乎疯狂地冒险，就像得了综合征。"

"我可以冒昧地问你，为什么你们闹翻了吗？"

"不，恰恰相反。根特什么都要，要得很急。他想要发大财，常与不同的女人恋爱，他想到哪里都神采奕奕，想人人都谈论他。那时，我并不认为他自负，我不觉得他是那样的人。现在，我想他不过是自负而已。"

"后来呢？"

"后来，有一刻，他光彩夺目、朝气蓬勃、欢乐的世界出现了所有的并发症。因为玩扑克牌，他开始借钱。在一个美好的日子，命运不再眷顾他了。他的动力全无，像发条松了一样。"

一天夜里，他失魂落魄地来到我家，衬衣也撕破了，一只眼睛发青。我迅速把他推进我的房间，因为我父亲的身体不大好，我不想让他看见根特这副样子。他用嘶哑的声音对我说，他命悬一线。他灰色的眼睛成了黯淡的深蓝色。仿佛在他的眼中，命确实悬在一条线上。他在赌场输了一笔巨款，要是早上不还钱，逼迫他的"那些人"威胁要弄死他。"我怎么帮你呢？"我沮丧而恐惧地对他说，"我自己也身无分文。"

他看着我。他的目光令人难以冷静面对。那目光令人战栗，让人陷入其中，迫使人感同身受，进入他的内心，与他同喜同悲。

"你能帮我吗？"他对我说，"一周前，你不是告诉过我，你们攒钱给你爸爸做手术？"

此时，换我直盯着他了。我感觉我眼下也命悬一线了。我父亲必须做肾移植，我姐姐在意大利待了一年，才勉强让他在佛罗伦萨一家医院动这个手术,我们得花大价钱的。爸妈卖掉了爷爷的房子,把全部的积蓄都搜刮出来,还向姑姑借了一大笔钱,才凑齐了足够的费用。一周前,我的确把这件事告诉了根特。我脑子里飞速闪过一个闹心的问题,我为何要告诉他这些。

"那我怎么对爸爸说呢?"我震惊地回答,"他绝对不会给我这笔钱的。"

他又凝视着我,以他一贯的执着,以为自己才是勇士和无畏者,别人都是懦夫、胆小鬼、忘恩负义的小人、叛徒和无耻之辈。

我们俩难以呼吸,眼睛直视着对方,就像站在行刑队面前。

"你对我说过,你知道他把钱放在哪里。"

那是九十年代初,银行几乎还无法运转。没有人把钱存在银行里,还因为大家都没钱。当时,爸爸一周后要动身前往佛罗伦萨,也就是在意大利大使馆领取签证的第二天。

"爸爸下周三出发,"我对他说,一道汗水顺着后背往下淌,"因为周二他去拿签证。"

"周日,你手里就有钱了。"他觉察到我的犹豫,兴奋地说。

"你到哪里弄这笔钱?"

"都说定了。不过,周六我才能拿到钱。保险起见,我们说好周日早上给我。"

"谁……谁给你这笔钱？"

"叔叔。你知道我在纽约有个叔叔。他很有钱，是早期的移民，他发达了。在全美国开了家连锁酒店。我爸爸今天午饭时和他通了话，他让我爸再等几天。明天一早他就去银行，汇到这里得再过几天。"

"今天是周一，"我说，出的汗凉了，人有点发抖，"我们这儿的银行没用……不能正常运转。"

"意大利银行行长是我爸的朋友，他去说过了，一切都安排好了。行长已经答应等美国的钱一到，他就加快程序，马上转交给我们。"

根特站起身来，上前一步。

"今晚，马克斯，你帮我这个忙，你就是我生命中最亲的人。这是无以为报的，但是我会找到世人都无法办到的方式报答你。你会救我的命！今晚，我的命就在你手里。"

一小时后，我父母躺下睡觉后，我从客厅沙发底下翻出藏钱的包，交给了根特。真是凑巧，根特欠赌徒的钱与我们要支付的手术费数目一模一样，都是三千万里拉。那时候，对我们阿尔巴尼亚人来说，这听起来就是个天文数字，一辈子都攒不到的。他与意大利人，还有其他外国人，用他们的货币玩牌。

临走前，他抓住了我的双肩，面色凝重，灰色的眼睛一直黯淡无光，像是已经变了色。

"你不知道,今晚你的行为意味着什么,马克斯,"他对我说,"你救了一个人的命。"而我,第一次没有笑起来,我说不出话,因为我在他眼中看到了死亡。"要是你不给我这笔钱,"他指了指包,"明天一早你真得把我送去墓地了。"

他把包(那是个好几个地方都褪了色的旧皮包)夹在腋下离开。在门口,他默默地搂住我的胳膊,脸色僵硬,下巴一紧。我拍了拍他的肩膀,说道:"现在,你去吧,把问题解决。"他走后我关上了门。

我回到房间,身体抖得像细竹竿。整夜,我都没睡,翻来覆去的思绪折磨着我。

早上,八点左右,我给他打电话。他对我说过,半夜他就把钱交给讨债的人。

他没有应答。

电话铃一直响着,但是他都没接。我只有他父母家的电话号码,但是好像那所房子里还住着他的两个妹妹,所有的人一早都出门了。

我找了他一整天,去了他常去的咖啡馆和酒吧,打电话给我们共同的朋友,但是没有人知道出了什么事。下午,大约四点左右,我去了他家。那个残酷的七月,天气热极了,太阳直射在头顶,有四十摄氏度。他们那所公寓的邻居对我说,他全家人——母亲、父亲、两个妹妹,还有根特本人,都去美国投奔叔叔了。

他们等了几个月,一天前才拿到了签证,就立马启程了。

我觉得有人跟我开了个残忍的玩笑。

我记得我双膝无力，从楼梯上滑了下去。等我苏醒过来，我明白我的生活已经成了一场无法想象的噩梦。

我就不细说了，不用告诉你我如何面对我父亲，因为你自己可以想象。但是，我必须告诉他们。整整一周我们都在焦急等待。我有个疯狂而无济于事的念头，他会信守诺言，会找到一个方式，周日前把钱汇给我的。我守在电话旁边，去见过朋友，问过他们有没有根特的消息，找过他的堂兄弟，我四处乱窜，哪怕有人给我一条消息或者一个信号。

周日过去了——一个极其恐怖的周日，午夜也过了。我睁着眼睛待在电话旁。它像是一直在犯罪，一言不发。

周二，我爸妈在意大利大使馆拿了签证。电话到周二晚餐前响起来就行。晚餐就像一场葬礼。周三，他们没有动身去机场，我去了航空旅行社，取消了航班。

一个月之后，我爸爸去世了。

我屏着呼吸听完了马克斯的陈述。他目光阴郁，仿佛望见他父亲的鬼魂落在绿色窗帘厚重的褶皱上。甚至，我也感觉似乎那些窗帘上的图案像是各色的人脸。我不停地想象着马克斯来到根特·拉迪公寓紧闭的大门前，对面邻居家的门虚掩着……正在对他说着噩耗。

"那……这个根特·拉迪没再出现吗？"我问他。

"怎么会,他来了,还把钱还给我,"马克斯说,抬起眼,痛苦地注视着我,"一年后,电话铃响了,我拿起听筒,听到了他的声音。"

"你在家?"他问,就好像我们一天前刚分别一样,"我来给你送钱了。"

"我们找个地方见面,"我对他说,嗓子几乎哽咽到说不出话,"我们找个地方见面。"

我在一家酒吧见到了他,酒吧就是拉纳河那些后来拆除的违章建筑之一。在桥附近,对面是达伊特宾馆、美国酒吧。音乐声大得震耳欲聋。

他走进来,立马看到了坐在一张桌子上的我。他穿戴很好,步履轻快,左肩微微有点驼,笑得很开心。他比以往更帅了,就好像这世界上的事对他都轻而易举。他右手里拿着几处已经褪色的旧皮包。

我没有起身,但是他似乎没有在意。他在我对面坐下,把包放在我身边,一如往昔直视着我,目光带着钦佩和亲近。

"我亲爱的朋友,"他说,"我的救命恩人。我晚了,但我还是信守承诺来了。"

我还是没有说话。在那一年里,我设想过这样的见面。在我的内心深处,我曾经以为他永远消失了,我再也见不到他了。他的突然回来令我吃惊。尽管如此,在我复仇的梦里,我想象过如何用最重的言语攻击他,如何最后一拳头打在他漂亮的脸上,也许我还会冲他吐唾沫,掐住他的咽喉,直到看见他青筋暴起。

但是，我还是沉默不语。

他垂下眼睛，后来又抬起来望着我。他那熟悉、明亮、深邃、情绪化的目光，直指人心，昔日那目光令我们跟随着他，像是被他迷住了。

"我明白，"他说，"我伤害了你。我根本无可辩解。我只想对你说，我的命是你给的。"

"你干吗回来？"我问，自己都惊讶这个问题，它与我复仇的想法没有关联。

"因为……"他欠了欠身，深沉而情绪化的表情从脸上隐去，"因为我在外面待够了。我说个秘密：总理邀我加入他的顾问班子。"

"你会为他提供什么咨询？"我冷冷地问他，可心里疯了似的狂笑起来。

"毫无疑问，经济方面。"他郑重地回答。他曾经写文章、发表演讲反对阿尔巴尼亚政府，他曾经自诩无政府主义者，就是要永远与国家机构作对的人。

"明白了，"我说，"那你就要待在这边了。"

"还有，等我一上班，你就告诉我你想去哪里，我就任命你去，一切都在我掌控之中，我第一个要报答的人就是你。我还有另外一个消息：我要结婚了。很快，我会给你寄请柬。"

我没说话。我没有祝贺他，只是盯着他看。他迎着我的目光，朝我甜甜一笑。他想要表达的所有情感都化作了那个微笑。

"你见过阿丽亚娜?"他突然问，眼眸微微抖动，像是带着疑虑。

"很少遇到。"我说。

"我听说她已经结婚了。"

"或许吧。我不知道。"

我起身，他也随后起身，脸色庄重，像是比其他任何人都更懂我内心想法的人。我挪步，伸手拿起了包。

"要是你需要……我们点一点。"他说，我感觉他的声音微微发颤。

"不。没必要。"

他伸出手。

"我们在这里分手吧。"我对他说，没有去握他的手。他放下手，插进了口袋。"我再也不想见到你，根特·拉迪。我不想再听到你的名字，不想再靠近你出现的地方。"

我转身，走出了酒吧。音乐像疯了一样轰鸣。我记得播放的歌曲是《阿甘正传》一个版本里的《情归阿拉巴马》。在我们简短交谈时，曲子放了两遍。一连十天，歌曲的旋律好像主题曲一样在我的脑子里回响。

而我，确实没再见到他。在总理府，他只待了几个月。后来，我听说他到核物理研究所上班了，和那个没什么意思的女人结婚，生了一个女儿。我真的躲着他，躲着认识他、会让我想起他的人。能让我想到与他交好时所处的生活状态的一切东西，我都回避。

这就是我与根特·拉迪的故事，莉莉。除了我妈妈和妹妹，你是第一个知道真相的人。

"你，是深井啊，马克斯·库尔特。"我对他说，平复了些心中的紧张情绪。

他把杯子放到桌子上，水晶杯的亮光如同短暂的闪电。

"我挺过来了。克服过磨难，人就有力量。如今，我很冷静。但是，当你告诉我你与阿图尔·拉多瓦尼的谈话，我又回想起了一切。协助你的调查是我的责任，我敢肯定揭开谜团的关键是根特·拉迪。"

我疑惑地凝视着他。

"在我看来，情况更错综复杂。她可能有片刻的怀旧，去他的葬礼露了个破绽，但是我没看出她与文化部的腐败丑闻有联系。何况，最近十年来，根特·拉迪已经出局了。从拉多瓦尼搜集的资料看，他酗酒，常常烂醉在街头，给他发工资不过是可怜他，看他作为老民主，有贡献的分上。"

"我相信，你一定会找到什么线索，把你引向他的，"马克斯说，"你会看到的。我以为他在这件事情中就是冰山一角。"

"你很主观。"我答复他。

"我们走着瞧，"马克斯说，"我建议你去查查他最近这几个月都做了什么。因为，据我理解，他和阿丽亚娜应该就是在这段时间联络上的。你还要点葡萄酒吗？"

那天夜里，我很晚才回家。我从玫瑰人生吧出来得晚，红葡萄酒喝得我有点晕乎乎的。我慢慢开车，穿行在地拉那空旷的街道上。此时，雨已经停了，湿漉漉的街道在灯光下闪闪发亮，大团大团的云在天空中聚散。

"错综复杂的案子。"我一个人念叨。走进大厅，我脱去鞋子，半卧在沙发上，打开电视，看视窗电视台。

在《观点与辩论》节目中，六位记者正在探讨"拉多瓦尼事件"。我认出他们之中有谢丽·塞费里，第一次仔细观察她。由于身材太矮小，她穿了跟非常高的鞋，双脚勉强碰到地板。短裙，因坐在深扶手椅上，更短了一截，虽然她肯定不到五十公斤，却显露出她大腿上的赘肉。这些出来辩论的女人如此穿着打扮，一直让我很惊讶。我不知道为什么想到了在沙滩上穿着毛线泳衣的她。头发剪得乱糟糟的，就像老鼠尾巴。

节目还转播了对"阿尔巴尼亚最知名调查记者"约兰达·霍查女士的一个访谈。当这位女士握着麦克风出现在屏幕上时，我才一下子明白，阿图尔·拉多瓦尼自个儿把玛格丽塔称为白发女魔，那是多么出彩，而且准确。

白发女魔玛格丽塔，对给她取外号的当事人可是毫不留情，她对公众解释，她不知道视窗电视台这么多年养了条蛇；不是惊世骇俗者豢养的真正的蛇，而是一条更恶更毒的蛇——腐败与金融诈骗头子阿图尔·拉多瓦尼。或许，因此，她又说，这个人才那么喜欢把养蛇人请来做节目。她很有责任感地宣称，她早就怀疑前上司的双重人格了，曾经协助司法机关抓他，甚至还请了一周不带薪的假，就是自愿来监视嫌疑人的活动。她为所做的贡献感到骄傲，因为被人非议的人根本蒙蔽不了她的双眼。即便别人奉承他，她还是对他直言不讳。自从她发现在恩维尔·霍查时代，拉多瓦尼的父亲在斯库台水务局工作，曾是个老党员，她就对他滥用职权起了疑。

电视屏幕上，白发女魔玛格丽塔出现后，又逐一现出了几个画面：拉多瓦尼办公室的场景；阴阳合同的传真；在拉多瓦尼身上套狼头，胸前配上镰刀与斧头标志的剪辑图片；他父亲头戴优秀党员模样的帽子在斯库台湖畔的黑白照片；正在握手的拉多瓦尼；拉尔兹海湾的别墅群；高楼大厦；挖掘河道的挖掘机。不知为何，那些挖掘机上还安上了拉多瓦尼的脸。

白发女魔玛格丽塔在结束访谈时呼吁：正直的阿尔巴尼亚人，你们要警惕！旧的主义依然根深蒂固。它呈现在拉多瓦尼们天使般的面庞上，企图通过弄虚作假和滥用职权暗中破坏我们新民主的成绩。他们仍旧在台上啊！让我们把该死的他们连根铲除！

访谈结束，白发女魔玛格丽塔消失在屏幕上，摄像机又切回到演播室。

其中一位记者，竭力去缓和坐在白扶手椅上的五名记者蹿上来的火气，但是无济于事。他费劲地解释"拉多瓦尼"和"赛丽姆"的案件不见得最重要，可能还有别的更重要的事。塞费里和其他人则要置他于死地，按他们的说法，阿尔巴尼亚已经取消死刑，肯定是令人遗憾的：阿图尔·拉多瓦尼就应该被砍头。我完全清醒了，基安蒂酒的香气飘散开去。我把电视的声音开得很低，好奇地端详着对阿图尔·拉多瓦尼的贪污怒不可遏的五位记者的脸。真是一场精彩的演出——各种手势，身体肆意乱动、摇头晃脑……过去我没开过这样的眼界。谢丽·塞费里根本无法自控，脑袋固执地左右晃动；其余四个人气愤至极地瞪大了眼睛。倘若不知道辩论的话题，我会以为这是在探讨边境集结了敌军，或是有人威胁要向我们头顶发射一枚原子弹。

我想象阿图尔·拉多瓦尼看到针对他的辩论节目，看到自己被肢解成连环杀手是什么精神状态。此时，文化部部长，据我所知，周五和一群朋友去了罗马，观看米兰队和国际米兰队的德比战。我想起了马克斯坐在台灯斜射于老胡桃木桌面形成的阴影中，想起了他与根特·拉迪令人称奇又痛心的故事。我关上电视，走到窗前。我觉得似乎根特·拉迪正走过对面的人行道，他左肩有点驼，右手烟不离手。我感觉他抬起头，看见了玻璃窗前的我，优雅地一挥手，向我致意。我往后退，仿佛正窥视他独自徘徊在人行道上的我，真的要被他抓去。

随后几天，我搜集了拉多瓦尼案件需要的所有资料。我把事情的核心内容告诉了我舅舅埃米尔，他对我说，根特·拉迪这个人是次要的。我也那么想，无疑，因为往事重现，两人有些浪漫情愫，见面怀旧过，但阿丽亚娜·拉多瓦尼不会为了一个死人彻底消失。同时，我还核实了所有的机场和阿尔巴尼亚出境的边防站，但她的护照没有在任何一台电脑上做过登记。因此，她还在国内。周二下午，阿图尔给我打电话，他对我说，他得把真相告知阿丽亚娜的父母，因为他根本瞒不住了，虽然他并不认为她做得对。于是，我和阿图尔一起去了她父母家。进门之前，我对他说，我想我谈话时他不要在场。他说"没问题"，和我们道了别就离开了。

阿丽亚娜的父母保养得极好，思维清晰敏捷，除了脸上的皱纹和手上的色斑，看不出他们别的衰老迹象。

"您请坐。"她爸爸说。他又高又瘦，穿着蓝色西装，戴着灰色领带。他一辈子在北方的水电站当总工程师，看上去不易受惊。往他身边一站，我觉得自己既无知又笨拙，就像从鸡蛋里刚孵出来的鸡仔。他没有流露出不安，脸上保持着一副体面的神情，打量我，好像是他想知道事情到了什么地步，而不是反之，由我们来调查他。她妈妈，微胖，却很精神，穿着有气质，她把饼干和咖啡端到我跟前，微笑时有些发颤，这出卖了她的情绪。

"你们知道我来访的原因吧？"我开口。

"是的，"她爸爸说，"很不幸，我们知道。"

我尽力弄清他面部表情中的某种东西，但是琢磨不透。他就好比老地图，那些岛屿藏宝图，无从解析。

"你们认为你们的女儿离家出走，谁也不告诉，是确有原因的吗？"

"我不认为，"地图脸说道，"我不认为她失踪了。我想她离开有一段时间了。"

"为什么您这么想？"

"因为我了解我的女儿。她做事总是有分寸的。她一定有某个可以说得通的动机，我们只需要等待。她会自己回来的。"

我专注地观察他。

"您别感到难受，"他接着说，系上外套，这是在暗示我，此次见面可用的时间就要用完了，"但是，依我看，阿图尔雇了您也没用。"

"而且她小的时候，就这么闹着玩，"她母亲说，还在努力让自己平静下来，"因为我们说了什么话，她不乐意了，就躲起来，我们很难找到她。有一次，她才九岁，爬上火车，去了都拉斯我妹妹家。"

"因为她生哥哥的气。"她父亲解释。

我注视着两人，干笑了一下。

我注意到他们的客厅铺了一大块花毯，阳台上摆着鸢尾花，墙上挂着莫奈和伦勃朗的复制品。这证明了他们支离破碎的艺术品位，貌似在表现知识分子的追求和对艺术的热爱。在一个架子上,《追风筝的人》进入了我的视线,我自问,这本书是他们特意摆着让我知道他们在看什么,还是他们确实在看呢?因为我觉得这本书就像家具装饰品,没人碰过,刚买来的似的,被人如此小心翼翼地斜插在架子上。在一个角落里,一盏高大的立式台灯,配着乳白色的木质灯腿和软毛布圆顶灯罩,没有打开。

矮柜上有几张照片:毕业典礼那天的阿丽亚娜,阿丽亚娜的哥哥一家四口,婚礼那天的阿丽亚娜和阿图尔。她穿着白色的婚纱,却是及膝的,很短。还有一张奶奶和一张爷爷的照片。

"再见,"我向他们道别,把我的名片放在小桌的咖啡杯旁,"任何时候,你们都可以给我打电话。"

他们默默地把我送到门口。我觉得,似乎一转身他们就会彼此说:我们希望不要再见到她。他们一定会从抽屉里取出一张发黄的地图,小心地摊在桌子上,用小旗子标注出他们女儿的路线。

晚上,我跑去我父母那儿,尝了我妈妈为我做的茄子番茄意面,还有美味的黄瓜酸奶沙拉,有酸奶、蒜、莳萝和橄榄油。我给他们描述了阿丽亚娜的父母有些无法解释的举止。

屋外,一月的寒风凛冽,百叶窗晃动着,像是要脱落下来。我父母住在阿基姆综合大厦的七层,我心里管它们叫作"阿基姆山脉",因为几十年来它们一直横亘在拉纳河畔,最近几年，屋顶和天台上又搭上了各种奇形怪状的尖尖的阁楼。而在七层那儿，风呼啸得比低楼层更厉害。

他们既认真又仔细地听了我的讲述。

"这不是父母的做派，"我爸爸一边说，一边吞下最后一勺黄瓜酸奶沙拉，"正常的父母亲会流露出不耐烦、不安的迹象。有可能他们知道发生的一切。"

妈妈通常不急于做出判断。她思索片刻，注视过我，又望向天花板，再查看双手，像要从中找寻答案。她再次抬起眼，说道：

"他们应该是非常矜持的人，不会把情绪流露出来。莫非他们是打吉诺卡斯特来的？"

"也许，"我说，"这里有他们籍贯的事吗？"

"因为矜持，"妈妈回答，"比如，在情感方面，吉诺卡斯特人比卢什涅人或斯库台人更加矜持。"

"你现在想多了，"爸爸果断制止，"你说的这些都不是证据。"

"我想，"妈妈没有生气，继续说，"他们是从他们女儿的脾气和秉性说起的。从你与他们的交谈中，你得到三条明确的信息：第一，她一定在为某事或者某人烦恼——这个案子里，是为她丈夫——一切的缘由都指向了他；第二，她心里很烦的时候，居然习惯离开，这是她坚持立场和表达不满的方式；第三，她父母竟然不太喜欢他们的女婿。"

"我也是这么推断的，"我说，"但是，我根本找不出这次她如此心烦的原因。从阿图尔·拉多瓦尼说的那些来看，他们之间并没有很深的裂痕或者矛盾。"

"他们为那栋别墅的事吵过架，"爸爸说，"她也不喜欢与蒂兹达尔一家人交往。"

"你得盯着阿图尔卷入腐败案的线索，"我妈妈一边起身撤去桌上的盘子，一边补充道，"很有可能你能从中找出意外的关联。"

她给我们端来了淋好蜂蜜、撒上肉桂粉的苹果片，烤木瓜和草莓甜酒，都是她亲手做的。空调的暖风吹在我的身上，一会儿我就有点打瞌睡了。

外面风在呼啸，百叶窗晃动着，冬天似乎比以往更加严酷。

我差点要说：要是我今晚睡在这里，我……

尽管有昏昏欲睡的暖意，还有我妈妈的微笑，甜蜜又盛情，但我还是站起身，走下楼（因为老旧的阿基姆大厦并没有电梯）匆匆向汽车走去。我快速穿过地拉那空荡荡的街道，灯光照射在光秃秃的树杈和因寒冷蜷缩前行的寥寥几个行人身上。回到太阳坡的家，我没有工作。我思考了很长时间，然后就去睡了。

在床上，我睡着了，做了几个费解的梦。大风吹跑了埃尔文·蒂兹达尔的案卷，里面的纸散落在拉纳河上，众人赶忙去捞，而那些纸在水里冻作一团，像小砖头顺着水流被冲得老远；阿图尔·拉多瓦尼晕乎乎地拐进大厦背后的小巷，但风把他也吹了起来，也把他吹到了拉纳河上，他的身体像死尸般在冰上漂浮着；另有一具更年长、更不清楚的尸体，肩膀佝偻，或许那是根特·拉迪的尸体……

我起了床，浑身汗湿。为何我会做如此令人作呕的梦，为何河水要冲走阿图尔·拉多瓦尼……还有，为何死去的根特·拉迪要出现在我的梦里……我看了一下钟，凌晨，差一刻三点。我穿上家居服和毛拖鞋，进了书房，打开暖气。

放词典的书架。词典……词典……词典……解释梦的……的……的词典！我找到了！解梦的词典。既然英文把死人说成 dead，我应该去 D 开头的字母里找，我必须找到解释，为什么我在梦里见到死人。D 开头的字母。第一百八十五页。Dead 词条。要是你在梦里见到死人，意味着有坏事要发生……你得当心……你周围都是坏人。要是您不信，请您看原文："To dream of the dead, is usually a dream of warning… Be careful… enemies are around you." 请您在 *The Wordsworth Dictionary of Dreams* 这本词典里找更多更详细的解释，作者是古斯塔夫·辛德曼·米勒，他在弗洛伊德的《梦的解析》出版九年后出了这本书。

我平静下来后，才打开了电脑。我最终把拉纳河上的死人从脑子里赶走了，理了理具体问题的所有头绪以及我的推理，提出疑问，用红笔标出关键词和主要的想法，这些东西渐渐彼此有了关联，浮现出符合逻辑的线索。

五点时，风停了，天气转好，虽然依旧十分阴沉；似乎天再也亮不起来了。无论怎样,还是感觉得到天就要亮了。一辆卡车在窗下轰响,不一会儿又响起了卷帘铁门拉起的声音。一定是卡瑟姆正打开名为"小超市"的店铺,他是个身材矮小、四肢发达的男人,来自发罗拉。他晚上十二点关店,天没亮就头一个开店。我们这一片住宅楼的居民都把他的店称为"二十四小时店",因为谁都知道,它总是开着,要是还没买面包或牛奶,或者鸡蛋、酸奶,卡瑟姆可以救急。

第四章　校长与米兰达·波伊斯卡的故事

我继续与拉多瓦尼保持联系。检察院的迁延与拖沓,在总体上多少缓和了报纸与媒体对此事的关注。然而,无论拉多瓦尼如何了结官司,即便被判完全无罪,他的职业生涯已经往下走了,而且由于职责所在,他不可能无罪。就像他自己所说,他不是二十二岁的人,他已经四十二岁了,时间不许他东山再起,重新做人。他与视窗电视台彻底断了关系,后者也终止了与"阿尔巴尼亚至上"公司一起录制《魔眼》节目的合同。他的公司损失巨大,公司合伙人都要求拉多瓦尼赔偿损失,他不得不在公司内部卖掉股票,偿还损失。同时,由于没有工资,没有其他的收入,他根本付不起贷款。要是连续三个月付不了,他有可能在房门上看到《执行通知》,房子被收回。阿丽亚娜的父母亲,每周来他们家看看孩子,对他态度冷淡。

在《闪电报》,谢丽·塞费里现在的栏目标题是:拉多瓦尼主义——我们将如何将它斩草除根?文章里展示了塞费里的一整套理论:人人内心都有类似窃贼、罪犯、杀人犯阿图尔·拉多瓦尼的那些特征。民主制度,由于纵容滋养了这些负面特征,但法律作为这一制度的唯一支配者,应该成为人们薄弱的意志和罪恶的心灵的监督者和审判官。阿图尔·拉多瓦尼，是财务上弄虚作假，吸食纳税人的血，不择手段贿赂各部官员的典型，却依然在大街上逍遥自在！这里制度有毛病！制度的问题很大，大到让人错误地怀念旧时代，那整整二十五年里，窃贼都见不了光！在其中一个栏目里，她还深深地追忆起旧政权给当年两三个伪造火车票的人判死刑的事。这些倒霉鬼伪造了火车票，卖票挣点小钱。他们被抓获判了刑，枪决了。其中一个，我父亲认识，我记得父亲特别难过，痛心得无法释怀。塞费里特别喜欢当年"司法制度的力量"，至少她看重这一点。

一时间，我忘记了我的调查工作，绞尽脑汁想着这个谢丽·塞费里，那张脸是怎么让"我们留意"起来的（我妈妈会如何判断她），她对拉多瓦尼咆哮没得到任何好处。从她写文章的方式，显而易见她根本不了解案件，拉多瓦尼是否染指腐败案无关紧要，她不过需要一个靶子。我总在想，莫非她是蒂兹达尔部长的打手，把关注点转移到拉多瓦尼身上，他自己好脱身。因为事实上塞费里这位司法射手，从来没有提过部里或是部长。我还在想，自从报纸和电视台掌握了人们的命运，世界发生了怎样的变化，法律的天平自己又如何倾斜。真相如何不再重要了……重要的只是真相以何种面目呈现在电视节目和报纸的重点栏目上。我深信，即便拉多瓦尼没有坐牢，而是保释或者处以罚金，有谢丽·塞费里和他视窗电视台的前下属白发女魔玛格丽塔不停地发布消息，他怕是出不了门的。在我看来，拉多瓦尼坐完牢，保释或缴纳罚金后，无论找不找得到妻子，都必须到欧洲某个谁也不认识他的地方闯一条生路了。但是，他口袋里已无分文，被人抛弃，遭人鄙视。我头一次思虑起了我自己，担心我一生所选择的职业。我不是个名人，没人认识我，我没有财富，也没有社会地位。我还成不了报纸的靶子。但是，倘若有人，比如说这个谢丽·塞费里，打听到拉多瓦尼的妻子不见了，而另一个女人，也就是我，正在调查案件呢？

格兹姆·沃尔普斯每天早晨八点都会读报章标题，只要一想到他要读的正是塞费里栏目的标题《莉莉·杜卡——"拉多瓦尼"罪案的又一个造假者》，我就怒气难抑。我如何能逃脱这种危险呢？一整夜，我都在电脑前做着各种分析，在又是记录又是标出疑问之后，我得出结论：任何人，任何一个阿尔巴尼亚人都不可能逃过谢丽·塞费里及其公司警惕的目光。

一天夜晚，寒风袭人，我打电话给拉多瓦尼，约他在"玫瑰人生"见面，这已经成了他同意碰面的唯一场所。我有几天没见到他了，只是与他通过电话，在我提到的各种报纸上追踪对他的大屠杀。但是，尽管想象过各种可能，我还是没有想到他在如此短暂的时间里变成了这样。

他完全被摧毁了。棕色西装看上去很旧，穿了二十年的那种旧，脸色像个还没下葬的死人，身体瘦了大概二十公斤。当他走近我身边，向我伸出手，我当场怔住。我全身颤抖，直起鸡皮疙瘩。

他与我前几夜梦见的拉纳河上漂浮的尸体别无二致。

我们在常坐的一角坐了下来，带流苏的台灯斜射的光影落在我们身上。我觉得，与其说他对于我发现他妻子的下落感到好奇，不如说他想与不评判他的人待在一起，这个人在特定的情况下是站在他这边的，不会针对他。马克斯走过来，与我们打招呼，给我们送来一瓶他为自己珍藏的赤霞珠。拉多瓦尼，满是疑惑与疲惫，抬起眼，注视着他。

"马克斯是我最亲近的朋友，你知道的。"我向他解释。

马克斯温和地朝他一笑。

"我知道，我还妒忌你们俩呢，"阿图尔·拉多瓦尼略带轻松地回应，"如今，朋友这个词对我来说非常珍贵，罕见得很。"

马克斯坐下来，缓缓斟满酒杯。

拉多瓦尼把身子一摊，靠在扶手椅上。

"所有的人都抛弃了我，"他说，"所有的人。头一个就是埃尔文，他不再接我的电话，当然，我也没再找他。他的妻子，极好的女人，也不接电话。我也没再联系她。可是，连魔术师格尔特也不理我了。"

马克斯疑惑地望了望我。马克斯，他的原则是不看任何一档真人秀类型的节目，不看任何音乐节、音乐会或者周日播映时间长的节目。他打开电视只是看看"欧洲新闻"频道晚餐时的半小时新闻，或是世界足球赛事。他从来没看过阿图尔的节目,也不知道魔术师格尔特,当他脖子上缠着两条蛇,还变魔术把死人的灵魂变到舞台上,在观众心中有了分量。在阿图尔眼里,从前格尔特总是像仆人一样跟在他身后,甩也甩不掉。格尔特是他的耳目,帮他盯着节目里出现的演员、歌手、器乐师以及其他进进出出的人,帮他拿着大衣、皮包、手机,他站得累了就送来椅子,去咖啡机那儿替他准备咖啡,给他杯子添水。

现在连格尔特也不接电话了。而那个著名演员,罗兰德·米霍,自从搞了这档子事,除了钱也没获得更多的东西——因为他梦想执掌《魔眼》,但是即便拉多瓦尼最后下了台,也没人想起他这个愿望。如今,他已经钓上了另一家电视台早间解说星座运势的节目。视窗电视台的老板,在丑闻曝光后,最后与拉多瓦尼一起喝咖啡时好心劝告他,检察院调查案件的这段时间,最好在家待一阵子,不要出现在公众场合(比如街上、酒吧、饭馆,也不要去剧院或音乐会)。

"但是,"阿图尔漠然地摆摆手说,"所有这些都应付得来。主要是我儿子贝尼。他受到了极大的打击。在学校里,有人对他指指点点,老师给他打低分,男女同学都疏远他。他妈妈不在身边,我也不知道我怎么办好。而他觉得姥姥、姥爷并不喜欢我与他相处。"

他轻轻地苦笑。

"怎么生活突然天翻地覆,在一时间……我还是无法相信。"

马克斯又默默地倒了点葡萄酒。

"我要去看看米兰踢得怎么样了。"他顿了片刻说。他站起身,走进"玫瑰人生"的大厅,那里来了很多球迷,一起观看重要的比赛。

阿图尔挺直了背,把杯子放到桌子上,注视着我。

"我想你有什么消息了。"他说,却并不焦虑。

"是的,"我回答,"我们多少有点眉目了,但是不完全确定。"

他疑惑地看着我,那天晚上,我第一次在他的眼光里看到了一丝兴趣和好奇。

"我发现财务总长是谁了,你们强迫她伪造签名,现在又要送她进监狱。"我开始说。

"那个法特米拉·赛丽姆,"他说道,皱了皱眉,"怎么了?"

"赛丽姆是她少女时代的姓氏。她丈夫姓'拉迪'。她是根特·拉迪的妻子。"

阿图尔·拉多瓦尼的杯子还握在手里。霜冻和马路上的灯光让绿色天鹅绒窗帘遮住的玻璃窗微微泛白,就像窗帘后面有耀眼的蒸汽在颤抖。玫瑰人生吧金灿灿的天花板与锃亮的暗绿色木地板幻化在一片混沌的云雾中,他身处其间根本也辨不清自己正走的路,只有把这片迷雾转嫁于我。从那一刻起,一切似乎不再与迄今为止所说、所思及所想的意义和内容相关,一切悄无声息地滚动起来,如同雪崩时从山顶滚到山脚的雪球,在城市的街道上一边滚,一边化作透明的泡沫,状似硕大的变形虫。

生活成了一条无声无息的直线,他独自一人行走在天际线上。在那一短暂的瞬间里,就连世界也没了声息。

"我一点也不明白。"他不知过了多久说道,此时我们已经默默喝下了整瓶赤霞珠。

我直等到他多少消化了这条消息,此时乔·达辛①唱起了《若没有你》。熟悉的旋律看来起到了镇定作用,让人落泪,喉咙干涩,欲言又止,面色发红,胸中憋闷。

"请告诉我细节,"他顿了顿说,"这种情况有点意思。"

"没有太多细节可说,"我回答,"我只是搜索了一下,马上发现法特米拉·赛丽姆嫁给了根特·拉迪,你也知道的,他前一阵子去世了。打拉迪从美国回来,与她结婚起,她就在部里任职,做了多年的普通财务人员。当时他的职位是总理顾问,显然这个职位帮他妻子到文化部任了职。而且,他病重的几个月里,他的一位老朋友又找到蒂兹达尔,把她提升为财务总长,因为她需要多赚点工资,让他们的女儿更有保障。她十二岁的女儿有智力缺陷。"

"现在,我有点明白了……"阿图尔说。

"什么?"

"我提到法特米拉这个名字的时候,阿丽亚娜态度很差,

---

① 乔·达辛(1938—1980),美国歌手,以唱法语歌著称。

举止古怪。"

"她心里觉得愧疚了……"我脱口而出。

他神色黯淡地看了我一眼。

"对谁愧疚?"

"对财务总长。"我决定将自己的想法一吐为快,"阿图尔,我的职业并不只是找到具体问题所在,直接解开谜团。这不是简单的填字游戏。我必须深入了解被寻找或追踪的人的行为方式、心灵创伤及心理活动,以便创建出一条新的'为何如此'的逻辑线索。阿丽亚娜情绪激动,在我看来,因为她知晓她的前男友已经死了,身后留下一个生病的孩子,她还知道他妻子,这个孩子的母亲要被不公正地定罪。法特米拉是在明白要发生什么事时被'责令'封口的。她经受了来自上司的压力。当然,财务总长应该负责给部长纠错,维护而不是触犯法律,但是我们眼下不能把事情想象得如此完美。"

阿图尔·拉多瓦尼点了点头。

"我也要用你的思路尽力去解释她的行为。但是,她为什么离开呢?为什么要失踪?她可以与我争一争,和我离婚,既然我是贪污犯,而她是清白的。"

"这更复杂些,我们另当别论,"我说,又思考了片刻,"这里面,我们几乎全得用心理分析的方法来处理。"

"要是有人把她绑架了,囚禁在什么地方呢?"阿图尔·拉多瓦尼差点从扶手椅上站起来,"我们现在顺着一条思路想,可要是还有别的可能性,更严重的情形呢?我绝对无法原谅我自己!"

"我也一样。"我说,望向正在与两位朋友喝着葡萄酒的马克斯。看来球赛已经结束了。米兰应该是赢了,因为他笑得很开心。也许,我应该暂时别去想心理学的事,更冷静地判断一下。

晚饭时,我在电脑上推衍了绑架和劫持人质的新模式。可是为什么呢?拉多瓦尼家并不富有。蒂兹达尔已经把他抛给豺狼,让它们撕咬他的身体。阿丽亚娜的父母看起来有点不安,但并不过分。也许,她给他们匆匆打过一通电话,安抚过。

记录:核实一下阿丽亚娜父母——希南夫妇的手机及家里座机的通话记录。

绑架的理论,我并不相信。但是,她离家出走是对她丈夫的贪污行为表明立场的推断,也同样不太站得住脚。拉多瓦尼夫人怎么会如此后知后觉呢?

"莉莉,人是深井。"爸爸总是这么对我说,人绝不是表面上看到的样子。我并不完全同意他的至理名言,否则世界就是地狱,但是我也不完全否认。在我幼年和青少年时期,他教我的东西中,有一部分的确如此,我在工作以后越发认识到了这一点。但是,也许,在我与人打交道的多数情况下,有人不得已隐瞒一些事;有人出于内心或者迫于环境,过着双重的生活;有的从早到晚戴着面具。譬如,马克斯·库尔特的存在驳斥了我爸爸的理论。马克斯是深井,但他清澈见底。即便里面漩涡、暗流涌动,我可以久久地凝神,企盼望见水底。我知道如何游弋其中,其他我认识和爱的人,我并不调查、跟踪的人,亦是如此。

早上,我核实了通话记录。这不是件轻松的事,因为我得办理诸多的授权及许可,但是,凭着我舅舅埃米尔的关系,我把希南家的拨入电话记录单搞到了手。三天前,上午九点,一通电话从一个电话亭拨入了他们的座机。通话持续了大约一分半钟。又花了两天,这个电话亭所在的位置确定了。

我独自回到家里,站了一天很累,脑子里还回想着去确定电话亭地点的工作人员等了好几个小时,他那天恰好在市里结婚,那恶狠狠地望着我的目光,就好像早上八点钟看到我突然出现在办公室一样。

这个重要电话亭所在的地方令我震惊不已,可是向我报告的时候,工作人员看都不看我,只盯着他的手表说:"莉莉,你要找的人在特罗波亚区,巴依拉姆楚里市①。"

"巴依拉姆楚里市。"

---

① 阿尔巴尼亚北部特罗波亚区最北的市镇,靠近边境。

"我的天哪!①"要是我打电话给马克斯·库尔特,告诉他我找来找去,命运把我指到哪里去了,他会惊呼出来:大冬天你要坐船去!还去山里!

我坚信电话是阿丽亚娜·拉多瓦尼打来的。可是为何从巴依拉姆楚里市打出来呢?我查过籍贯,她的父母亲,两人确实与我母亲猜测的一样,都是吉诺卡斯特人,祖上与阿尔巴尼亚北方没有丝毫关联。

阿图尔·拉多瓦尼的父母生于斯库台,他自己也是,不过后来他们都住在地拉那。斯库台有几位表兄弟。北方,却是另一个方位。巴依拉姆楚里连着科索沃,而斯库台挨着亚得里亚海,与黑山相连。

瞧瞧,我心里说,阿图尔·拉多瓦尼啊,这就是你大冬天要我去的地方!我妈妈听说我要前往的地方,来电对我说:"他给的报酬值得你在结冰的湖面上、白雪皑皑的山里瑟瑟发抖,去无人知晓的偏僻山村吗?"

"给的报酬值得,但就是不给,我也会去的。"

那为什么值得去一趟呢?我还握有什么其他证据,让我追着一通不太清楚的一分多钟电话,追到巴依拉姆楚里去?对于我的疑问,她的父母亲答复过,他们说有人拨错了号码,但是从声音判断,"老地图"没有说实话。早上,在不知疲倦的格兹姆·沃尔普斯所读报纸标题里着重提到:检察

---

① 原文为法文。

院最终将主被告人法特米拉·赛丽姆的案子移交给了法院。阿图尔·拉多瓦尼作为第二被告人，同时接受审判，但指控情节较轻。别无其他。这条引来热议的消息里压根儿没提到部长。

我想过，直到几个月前，阿图尔·拉多瓦尼一直都轻飘飘的，不切实际。当时，他以为此生都会一帆风顺下去；他开脱自己，反正在那些该死的真人秀节目里，他已经很出名，受人敬重，不可动摇；他欺骗自己，认为养蛇的魔术师和给人讲解运势的失败演员，还有显然在薄薄的短裙下什么都没穿的金发节目主持人，都会护着他，不会背叛他；白发女魔玛格丽塔不会带头出卖他，不会抢走他的节目；他还自信埃尔文·蒂兹达尔与他妻子都那么好心，他们会放弃费尽心机获得的部长职位和事业，为他豁出性命；他高枕无忧，并没有注意到他的枕边人出了什么事。

格兹姆·沃尔普斯下场后，屏幕上出现了前演员罗兰德·米霍，他说话带着轻微的希腊口音，也许是为了假装自己在希腊学过天文学，好让他的运势解读更显严谨和神秘，他讲解说这周运势极好，因为木星不会再造成负面影响，而天王星也终将进入一个有利的轨道。我出生在六月初，所以认真地听了双子座的运势。虽然，我自觉听运势明显是极蠢的行为，但本能战胜理智，每天早上我都听星座运势，权当是自嘲。

那天，罗兰德·米霍，目光从屏幕里向我直射过来，他向我保证，我会遇到自己的人生伴侣，会先听到他的声音，再看到他的人，了解他的心。

电话铃响了。人生伴侣，我半开玩笑半好奇地想，倘若真的出现呢?!

"喂喂。"我快活地说（人生伴侣会懂得他结交的是一个有活力、开朗的女人）。

"早上好，莉莉。"阿图尔·拉多瓦尼嗓音低沉地问好，那声音像是来自井底。

"见鬼，罗兰德·米霍。"我暗自咒骂。

"早上好，阿图尔。"我声音一沉，有点遗憾地回答。他今天的状态更糟糕了。

"我想，你听说了。"他说。

"对，我听说了。他们什么时候判决？"

"还要大概两周……"

沉默。

"你有什么新情况吗？"他接着问。

"我们在法国吧①见吧，"我对他说着暗语，"老地方。"他的电话一定被监听了。我们一直小心翼翼，很少在电话里交谈。根本不与他联系更好，而且最重要的是，我们不要提起阿丽亚娜以及她失踪的事。

马克斯没在"玫瑰人生"。服务员告诉我，我们的桌子

---

① 指玫瑰人生吧，因为酒吧取了法文名。

像往常一样空着,老板晚上十点左右会回来。

"我想我不会等他到那么晚,"我回答,"而他,就不知道了。"

"我喜欢您的这位朋友马克斯,"阿图尔坐下来,摸着额头说,额头上的皱纹突然多了,也更明显了,"他身上有种特别的东西,人们身上稀罕的东西:就好像我们身边的许多事情,我们的日常生活,一切对大多数人至关重要的东西,他都不太在乎……今夜,居然没那么冷。"

"是啊,气温大概降了两度,"我说,"您太担心了,我想。"

"我不会了,"他说,"再也不会了。如今,坏事我都习惯了,它都成了我存在的特征。要是这种趋势变了,我会觉得不正常……那您有什么新情况吗?"

我告诉他,我怀疑电话是从巴依拉姆楚里市打来的。

"鬼晓得这是什么'线索',"他断言,还用了一个意大利文术语,"我在琢磨……我不知道她和特罗波亚有什么联系……"

"我发现了一条踪迹。"我小心地说。

他打量了我一下。眼神疲惫却深邃,而且非常明确,他想让我直言不讳,不要顾忌,也不要勉强……任何情况都不能再让他震惊了。请给我最后一击吧,他仿佛对我说。击垮我吧。我死就死了吧。

没理由让你去死,我心里说。在这幸福的人世间,还有多少其他更坏的事情啊!

于是我向他解释:

"法特米拉·赛丽姆出生在特罗波亚区的瓦尔博纳市。她的母亲和兄弟们依旧住在乡下。"

他皱起眉头,额头上的皱纹更多了,眼睛却微微地亮了些,极轻微地掠过一丝好奇。

"这个著名的根特·拉迪居然讨了个村妇当老婆?"他评论,带着一丝揶揄。

"显然如此。她在巴依拉姆楚里市高中毕业,成绩非常优异,后来获得了地拉那公立大学经济系的入学资格。一九九三年大学毕业时,她结识了根特·拉迪,一年后,他们结婚。他们的女儿,在她父亲去世,母亲被调查后,被人送到了瓦尔博纳的乡下。"

"那您认为阿丽亚娜跟着这个女孩去了瓦尔博纳?"

"我不知道。这是一条心理分析得出的线索,不是推理的结论。但是,我没有其他想法了。"

"那您认为出于我的原因,阿丽亚娜对法特米拉·赛丽姆的遭遇感到愧疚,她在某种程度上给她补偿吗?"

"差不多吧。"

"我明白了……"

阿图尔·拉多瓦尼沉默了好一阵子。

"或许您是对的,"他接着说,"您晓得,这段时间我没有工作,一个人生活,我有的是时间思考。我反思了自己之前没有想过的事情。我都不知道，今天的人缺乏思考到了如此境地。我们匆匆忙忙，从早到晚忙碌，即便停下来喘口气的工夫，我们也没有片刻在思考。我们只是行动。您在听吗？"

"当然，我在听您说呢……事实上，我与您想到一块儿去了。您说的时候，我在心里想，周日我休息，看来做得对。我不出门，下午睡个觉……"

"我指的不是那些，莉莉，"阿图尔·拉多瓦尼打断了我，语气里暗含着一种轻蔑，"我指的是冥想，反观自己，深入思想的世界……不是下午睡个觉。"

"嗯，"我说，没有感觉丝毫被冒犯，"我太了解您想说的是什么了。我还在印度上过九个月的冥想课程。现在与一位古鲁①还一直有联系呢。"

"哦?"拉多瓦尼注视着我，第一次眼神里略带惊讶，或者说是敬佩，"课程……课程有好处吗？"

"我感觉有。"

"您完全抽离周遭的世界，不见人，不打电话，不看电视，不看报纸吗？"

"完全。完全清空头脑和心灵。但是，我有言在先：课程体力上非常累，很难上下来。对我们，巴尔干人，或者说欧洲人，独自一人在岛上、在偏僻的村子，或者在山里，效

---

① 指印度教等宗教的宗师或领袖。

果可能是一样的。"

"我知道……"他泄气地说,"我想去上这门课程。但是,以后吧。也许等到飘在我头顶的这片乌云散去的时候。"

他棕色的眼眸倦怠而疏远,没有深度,没有平时里的明亮,带着一点狡黠、一点挑逗,就是大家常说的那种观众艳羡他的眼神。

"那这位古鲁,"他又说回正题,"是印度人吗?"

"西藏人……我们发电子邮件联系。"

实际上,我并不认识什么古鲁,从来没去过什么印度。我下意识地如此作答,是因为他说的那个冥想让我气愤,其实我一点也不懂什么冥想,我就把它当成睡觉。再就是,我刚刚看完伊丽莎白·吉尔伯特的《美食、祈祷与爱》①,还沉浸在她描绘的印度静修的影响下。谢谢,伊丽莎白,我暗想。

"我不时还做做自我催眠,"我补充道,这回说的是真话,"要是您需要,我可以给您学习的光盘。特别舒缓心情,您看事情就会不一样的。"

"我有什么好看起来不一样的事呢。催眠对我也无济于事。"

"您也太绝望了吧,拉多瓦尼先生。但是,我可以给您

---

① 又译作《一辈子做女孩》,作者伊丽莎白·吉尔伯特是美国小说家、新闻记者。

另外一张光盘,是个新发明,关于感应力学的,特别有效果。"

"感应力学是什么?我没听说过。"

"感应力学可以帮助人发现意识里的各种辐射、波动和不为人知的问题。就是一个工具,辅助来解码我们的潜意识中纷繁复杂的信息。一位住在洛桑山的瑞士教授马塞尔·比安奇常给我寄来这一学科的新成果,我不知道是不是他创立了这门学科。"

他疑惑地看着我,又摸了摸额头,揉了揉眼睛。他的手皮肤惨白而细腻,肤质与脸上一模一样。

"我们不说这些了,莉莉。我知道自己出了什么状况,用不着去发现什么辐射。我过去的世界不复存在。但是,这并非出于我失去工作,检察院把我的案子移交给法院,也不是出于妻子离我而去的缘故。而是因为在我的眼前,这个世界是另一副模样,我并不认识的模样。我不知道它一直都存在,我不明白它如此真实,并非我脑子里虚拟的东西,我投射出来的东西。我一直生活在一个不真实的空间里,下面是沙子构筑的地基,我刚要靠近真实的边缘,地基就分崩离析。我不知道您是否理解我所说的。"

"我正在努力弄清楚呢。"我说。

"那是一位小学校长。"他说,用了人们讲起一段冗长故事的语调。

我明白,一时半刻我是听不完故事的,只能好好发挥我的耐性了。我靠在扶手椅上，偷偷地深呼吸，以平复我的抵触情绪。

"一个大众完全陌生的人，只有学生和家长认识他，"拉多瓦尼接着说，"有位家长找到我们的节目，他说校长性骚扰了他八岁的儿子，想要曝光。我们没有等他再来与我们谈。我们一刻也没想过这并不是我们的工作，而是警察或者其他专业部门的事情，我们没有要求了解这位气愤的家长是否说的是真相，没有去见校长，听听他的说法，也没有询问其他的学生。相反，这条独家新闻令我们欣喜万分。白发女魔玛格丽塔采访了受伤害的家长，模糊处理了他的脸，没人能认出他是谁。她还询问了孩子，孩子戴了面具，声音也做了改变，他说话吞吞吐吐，不太想让人注意到他怕父亲怕得要死，比怕老师厉害。后来，她又录了学校内外的情况，拍了学生，他们进来上课的时候一脸无辜，出去的时候却是一副阴郁扭曲的神情。可想而知，一些学生之前排练过，有人告诉他们这是在拍电视片，他们就兴高采烈地参加了。摄像远远地拍了校长，拍他抚摸一个男生的头，拍他走进学校的楼道，顶着一头没有梳理的卷发。众所周知，白发女魔玛格丽塔，千万别落到她手里，否则她会不停地嘲讽、挖苦，她的评论横冲直撞。为了要让其他的家长担忧，她询问了他们，却没有发现他们脑子里有任何疑虑。她不怀好意地又询问学生，那些天真的学生就落入了她的陷阱，比如问'校长非常爱你们吗？''是的。'他们高兴地回答。'他常摸你们的脑袋吗？''对啊，对。'他们说。'那在课堂上，他挨着你们坐吗？''是啊，在他看我们作业的时候。'在正拍摄的摄影机的激励下，他们争相回答，比谁回答得更快，高兴地期待爸妈在电视上看到他们。结果，我们毁了校长的生活。他见到所有的媒体都远远躲开。对愤怒家长的报道和采访在我们的节目播出后，所有的报纸都提到了他；他勉强请求法院保护，但是没有哪个律师接他的案子，因为这个倒霉鬼很穷，仅靠着校长的微薄薪水过活，还有三个孩子，根本付不起高昂的律师费。他被停了职，没有任何解释。我不知道后来几个月他是怎么过的，而靠这件事，我们获得了很高的收视率。我们的媒体竞争对手都嫉妒我们，关爱的人都祝贺我们。对肮脏的恋童癖和同性恋我们干得多棒啊！我们的节目站在了保护人权和社会健康的一线！事件过去一年后，我们节目的发动机，白发女魔玛格丽塔对我说：'你记得那所学校的那个无能之辈吗？''记得，'我对她说，'我怎么会不记得。他又搞砸了什么事？''他自杀了，'她非常得意地对我说，'他孤身一人，没有工作，没有吃的，没有家庭——妻子和孩子都抛弃了他，扔下他一个人凄凄惨惨——他自作自受，人瘦了四十斤。'当时听到这个消息，我没有什么感觉。白天有多少人自杀，人根本没法都给他们穿黑衣[1]，否则自己也得自杀。人脑的构造便于我们以积极的方式选择情感和

---

[1] 根据阿尔巴尼亚传统，哀悼时得穿黑衣。

体验，对这件事的选择就是遗忘。如果不选择，不慢慢忘怀，我们就会发疯。于是，这位校长竟自杀了，而我听到消息的瞬间便把他的死给忘了。三年来，我一次也没想起过。然而，连着三个晚上，我都梦到他。他就站在我的面前，瘦得像具尸体，湿漉漉的，坟土满身，是个无处安息的鬼。您懂我说的吗？"

"是的，"我说，"是的，拉多瓦尼先生，我非常理解您。玛格丽塔，这种人，还在视窗电视台干吗？"

"很不幸，她还在，"拉多瓦尼叹道，"您没见到她一有机会就拿我当漫画素材吗？他们还在七点五十分做了一档类似《非常准点》①的小节目，里面都是我的脸。"

"还有另一个人，谢丽·塞费里，她也没放过您，"我对他说，"我没见过如此不依不饶的人。"

"是啊，我也没见过，"他第一次露出了笑容，"一个前所未有的人。有机会见到她，我要对她说：'我曾经得罪过你这位小女士吗？我既没杀了你，也没砍了你。要是我有错，那是我自己的问题，我接受惩罚，但是你，为何靠我的身体、我的痛苦、我所受的惩罚、我身上的血活着？'但是，我刚想到这些话，就想起谢丽·塞费里蜡黄的脸，白发女魔玛格丽塔没梳理的头发，我就仿佛听到校长的鬼魂冲我嘶

---

① 这档节目是阿尔巴尼亚主流电视台 Top Channel 的王牌节目，阿尔巴尼亚文名为 Fiks Fare，即"非常准点"，以揭露社会现实中的丑陋现象或问题为主要特色。

吼：'那我呢，你这个罪犯，我把你怎么了吗？你整月都取笑我的名字，耻笑我的荣誉和生活，还把我送进了坟墓？你不认识我，我也没杀了你，没砍了你，你不知道我是什么人，不知道我做过什么！'"

我腻味听无聊故事的想法彻底没有了。

"我想起来这两个人，谢丽·塞费里和您称为白发女魔的玛格丽塔，还黏上过一个可怜的女人，"我说，"那是个年老的女演员，我记得她已经去世了。"我望了望拉多瓦尼，一时间有些懊悔。不过，事已至此。

波伊斯卡的事例是谢丽·塞费里再度执掌新闻调查部后处理得最严重的事情，阿图尔·拉多瓦尼的《魔眼》节目，借助她不知疲倦地追踪阿尔巴尼亚国内的作恶之人。谢丽·塞费里认为，首先，恶人本身以及他们的子女，无论干没干过坏事，他们都必须受审判，被揭露，被谴责，被枪毙，一劳永逸地被干掉。因为按照她一贯的罗伯斯庇尔式思想，要是没清理好土地，让土地亮得发光，就没办法在上面种上新苗。我很吃惊，在谢丽·塞费里麦粒大小的脑子里，居然还有铲除、清洗、粉碎之类的想法和念头。有时，我看她如同十字军宣言的栏目，怀疑她丈夫，那个留着鬈发刘海的意大利人究竟有没有看过她的文章？据我们驻意大利通讯社的消息，我们都知道，他是知名的意大利左翼拥护者。此处，我脑筋有点转不过来，因为他的意识形态属性与谢丽·塞费里的疯狂敌对并不合拍，与两人在阿尔巴尼亚拥有的财富不断增加也不相称。我是知道个大概的,左翼穷,右翼富。"哎呀,我的朋友,可世界已经变了,"马克斯对我说,"如今左翼可能富,右翼可能穷。你得多学习学习。你已经落伍了。"当我推理到这一点,便不干别的,成天饶有兴趣地盯着那意大利人阿多尼斯式的外形、运动员的身材和总是带着惊叹与友善的碧绿的大眼睛,再端详谢丽·塞费里又糙又黄,像是得了艾滋病的憔悴脸庞,弯曲的腿,以及肩骨嶙峋,像要刺穿外衣的模样。在将他们的身形外观仔仔细细地打量一番后,我被一种深深的痛苦击中,难受了好几个小时。也就是说,什么都没用。我干法律没用,大家都夸我长得漂亮没用,因为我自己明白,筛子遮不住太阳,智慧、独立没用,品质、性格等等都是空话。无用至极。我的理想伴侣依旧还没踏上寻找我的路途,而我的年龄还在往上增长,我已经三十几岁了,除了几段半途而废的感情,我没有看上什么人。而谢丽·塞费里,她的白马王子早已下了飞机或者轮船——我不知道这个招人喜爱的意大利人第一次是怎么来到阿尔巴尼亚的。

拉多瓦尼注视着我,笑了笑:

"我不曾把它当成倒霉事。在这段……我的意识左右的时期,让我们对米兰达·波伊斯卡的那件事定了性,认为它严重至极。"

"你们在说米兰达·波伊斯卡的事?"马克斯问,端着放了苏维翁酒的托盘走过来,"我请客。"

"好,"拉多瓦尼说,此时马克斯坐下来,斟满了酒杯,"马克斯,您的这位朋友可是无所不知,无所不察。我们正在说一段痛苦的往事。很遗憾,我是这件事的主谋。"

我们俩把米兰达·波伊斯卡和赫克托尔·波伊斯卡的事情都告诉了马克斯,因为,我之前提过,为了保护脑子不受"外界干扰",他不看电视。

"一贯如此,这个潘多拉盒子,是谢丽·塞费里打开的,"拉多瓦尼说,"之前,我并没有注意到她向谁发起了攻击,我并不关心。如今,每天早上一看到在各种文章标题上有她的名字,我就起鸡皮疙瘩。谁知道她又在刨谁的坟,我心想。"

米兰达·波伊斯卡是当时最著名的演员之一,剧院的明星,后来又成了小屏幕的明星。她有一半她母亲的塞尔维亚血统。她父亲来自南方的一座城市。但是,尽管她这个出身不太讨喜,他们把任何带有一点塞尔维亚血统的人都当作南斯拉夫国家安全局的特务并长期跟踪,她却成功地在舞台上一直演主角。她丈夫也是知名导演,两人当时堪称万众瞩目的夫妻。二十五年时间,米兰达·波伊斯卡和赫克托尔·波伊斯卡两人占据了戏剧舞台和电影银幕。美丽、才华、魅力、成功——就这样伴随着他们的人生之路,他们步步高升。

他们有三个儿子,三人综合了他们令人惊叹的外形特征,有活力,有本事,身材高挑。晚上,依着当时的传统习惯,他们出来在民族烈士大道上散步,年轻姑娘见到都屏息静气。天空湛蓝,繁星点点,天上一弯金色的月亮,月光倾泻在散步的人们头上,与霓虹灯光交融。夏日,清风拂面,吹来椴树、刺槐和松柏的香气。

七十年代初,当错误路线的偏执达到极点,闻名的"文艺打击运动"也开始了。众所周知,有的人被批判,有的人被判刑,有的人被开除工作,被开除出党,有的人坐牢,还有的人流放。但是,要是有人与苏联、南斯拉夫、保加利亚,或是捷克斯洛伐克有丝毫血缘关系,那就更惨。那是修正主义大本营的血脉,比起有个意大利奶奶或是法国妈妈还要危险。甚至,有二战前移民到美国的祖父母——也就是在最令人痛恨的资本主义超级大国有亲属——也不会比与社会主义阵营各国有血缘关系更让人恶意相待。国家把他们定性为修正主义者。

这次清洗行动揪出了米兰达和赫克托尔,他们被盖上了红戳①,与很多其他有相同情况的人一道,按照当时的方式和程序被判了刑。

赫克托尔出狱后一年去世。老二,在监狱里待了整整二十三个年头,放出来的时候已经四十六岁了,他是唯一被社

---

① 意为"定罪"。

会重新定位的人,起初在一家机构从事社会主义时期罪行研究的相关工作。老三,身体差,性格脆弱,根本扛不住监狱和流放的创伤。他们早就把他关进了一家精神病院,他一直住在那里,不再认得他的母亲和哥哥。老大,入狱的第一年就自杀了。

流放回来时,米兰达已经年迈。她昔日的美貌和才华只不过是黑白照片里的回忆,偶尔在私人电视台上一闪而过。电视台不顾众人的反对,继续播放新阿尔巴尼亚电影制片厂的电影。

没有人再回忆起米兰达和她支离破碎的悲惨命运。在受迫害者研究所①工作的老二,罕有机会与其他人一同上电视节目,谈论纪念日、请愿书、损害赔偿诉求什么的,他言谈谦逊,语气相当温和。见过他的人,都感受到一种夹杂着负罪感的复杂情绪——因为他受了那么多苦,其他人都没有经历过的苦——他激情燃烧的青年时代一去不复返了,失去了父亲和两个兄弟,得靠着自己微薄的工资和他母亲同样微不足道的退休金活下去。后来,他很长一段时间都没再出来,人们都忘了他。

然而,谢丽·塞费里哪里会让人遗忘他呢!阿图尔·拉多瓦尼红火的节目《魔眼》也不会让人忘记啊。这只"眼睛",在挨个考察了一堆乱七八糟的情况后,突然开始翻出

---

① 指上文提到的从事社会主义时期罪行研究工作的机构。

了米兰达·波伊斯卡坐牢及流放期间的生活。在这次苦心的搜索中，为了找出谁在电影制片厂时期暗中监视了一个电影美工，也提到了米兰达·波伊斯卡的名字。那个电影美工在霍查时期吃了大约两年的牢饭。谣言漫天，说他的入狱并非由于不满政府的煽动与宣传，而是个人盗取电影胶片来偷拍婚礼，那时电影胶片不允许用于任何私人活动，也不允许拍摄或录制婚礼。但是，这件事从未得到过证实，而他却被认定为政治犯。制度垮台后，阿尔巴尼亚电影的拍摄活动也没落了，完全没有了，那个美工找到了新的有收入的生活方式——他成了档案书籍的作者。在拉多瓦尼飞来横祸前一年出版的一本书里，他还披露了从内务部档案中获得的种种证据，从中得出米兰达·波伊斯卡也曾参与指控他。她对调查组交代了（当时她自己也在坐牢）他们拍电影的时候，这个美工常说反动的话。

《魔眼》节目逮到了好时机。那个美工频频出镜，讲述他的苦难。报纸、电视台挨个地采访他。米兰达·波伊斯卡的照片被登了出来，标注写道：隐藏在这副天使面容后面的是什么。谢丽·塞费里的分析和她中伤米兰达·波伊斯卡的新事数不胜数。构思并主持"秀"的阿图尔·拉多瓦尼没有评论事件，但是我非常清楚地记得，当他让白发女魔玛格丽塔发言，让她去肢解那位老演员时，带着永恒的微笑，如同让养蛇人讲话一样无动于衷。

"是的，"他说，"是的，莉莉——我也记得非常真切——我完全是无动于衷。因为当时我年轻,她请什么人来都不会对我说,所以与我无关的时代都如此处理。丑闻、告密被谈论,谁做过恶,谁自食恶果。我曾经觉得,不用多想,在这世上他们是来赎罪的。这段时间,我的节目有了名气,观众多了,打广告的需求也增加了,结果广告费也涨了。合伙人都拍着我的肩膀,夸我厉害。我并不太欣赏谢丽·塞费里和玛格丽塔的方式,但是她们提高了我的节目的收视率。我并不在乎她们做了什么。"

马克斯听我们讲话,并不出声。

"我并不了解这里的来龙去脉,"他面色暗淡地说,"但是,我知道米兰达的结局。"

我们所有人都知道。她没有接受任何采访,没有做任何解释。他们拍摄到她走进家门,身子佝偻,拄着拐杖,头发已经脱落,乱糟糟的,用手挡着脸。

第二天,老二就自己辞了职,没了工作。他不能待在研究所那种神圣的地方,而他的家庭被人如此说三道四,说他血管里流着告密者的血。他逐一向众人道别,感谢他们同他一起工作,共度美好时光之后,便拿上自己的东西,默默地离开了。

这些事情,谢丽·塞费里在《闪电报》她的专栏里天天大标题报道。喧嚣并未结束。一份多人签名的申诉书寄了来,指责私人电视台播映她的老电影。

曾经遭受迫害、与她一起坐过牢的某个人,尽力解释说事情并没有这么简单，调查员给那可怜的女人看了她的老大去世时尸体惨不忍睹的照片，他们威胁她，要是不在证词上签字，指认几个他们确定的人，她另外两个儿子也会与照片上的人有同样的下场。这个被迫害者尽了力——他是个温和、有智慧的白发老人——却被言论与反对声淹没了。一位年轻记者站出来说，也许我们应该更加谨慎地对待我们并不了解的历史事件和时期，但是谢丽·塞费里曝光了那位年轻记者的爷爷，说他爷爷那个年代就是共产党，甚至还当过厂长，被认定为"后代"的记者只好作罢。

一天，楼里的居民发现米兰达·波伊斯卡死在了床上。她儿子，离职的儿子一大早敲了居民的门，哽咽着对他们说，他付不起安葬费，请他们谅解，他也非常难受，但是可否帮他联系一家慈善机构，因为……他……因为他还没有拿到坐牢这些年的损失赔偿，也没有了母亲的退休金，住院的弟弟的药还要……

楼里的居民，不约而同地纷纷聚到了都拉斯路的老楼里，因为大家都知道，每个人都好奇地关注过针对她的那些事情。然后，他们默默地对视，静静地决定支付安葬费和葬礼后的午餐费。

一个无法名状的午后，天空没有太阳，也没有云，没有任何色彩。一小拨邻居与她儿子一起去了墓地。在莎拉公墓，那里原先的纺织工厂的烟囱看起来似乎会一直冒烟下去，但实际上冒着黑烟的是那附近焚烧的垃圾，而那些人更像一小团烟雾,可以迅速被风吹散,就像从来没有存在过一样……"

拉多瓦尼低头瞅了瞅烟灰缸,放上了第三只烟蒂。

"当我得知她的死讯以及死因……你们并不知道死因……我第一次认为此事与我有关。在我完美生活的精致天地里,有些东西一直不对劲。因此,我与它们保持着距离。原因是它们让我心如刀绞,几乎无法忍受。然而,我又一次成功地为自己辩白,米兰达·波伊斯卡在我的记忆空间里渐渐变得越来越小了。"

"或许,现在您可以告诉我们她的死因。"马克斯说。

"你说得对,"拉多瓦尼赞同,"任何人都没说出来,因为那太过……我怎么说……太不像在人……更何况是在她,还有……她儿子身上发生的事。"

"究竟是什么原因?"我迫不及待地问。

"她是饿死的,"他无比震惊地说,"饿死的。医生说死亡的原因是饥饿。你们能明白吗?"

"能,"我说,"我们当然明白啦。他们怎么吃的饭?受到公开审判的人能向谁求助?他们只会处处遭人驱逐,就像他们是麻风病人。"

"不可能的,"马克斯无力地说,"不可能。"

"我懂,"拉多瓦尼说,"我理解……这看起来不可能。"

陷入一片沉默,我们中没有任何人想要打破沉默。就好像我们最后说的话让我们成了罪人。他一说出"她是饿死的"这句话，我们就应该先闭上嘴。

那一夜，我睡不着觉。我只是迷迷瞪瞪了一会儿——众所周知，在睡着或者做梦的时候，人是从来算不出过了几分几秒、几时几刻的。但是，后来我睁开眼睛，望着漆黑一片，窗户透进来路灯的光亮。我想，我选错了职业，因为迄今为止，在拉多瓦尼的案子上，除了他痛苦的自责、潜意识里的感应电波外，我还没发现任何东西。此时，我的眼皮发沉，徘徊在不认识的小路上，那里有光秃秃的干枯的树木，我遇上了一个披头散发的漂亮女人，在泥地里拖着她儿子的尸体。她抬起眼睛，一张苍白的脸，与恐怖片里死而复生的人一样，闪出些许暗淡的目光，冲我低沉地说：他是饿死的！我根本救不了他！

我看着她，呆在那里，嘴里说不出话来。我向后一滑，滑向陡峭而泥泞的小道。我向下滚，往下掉……

我醒了过来，一身汗，头昏眼花，胃里饿得发狂。窗外的夜幻化出了人的模样，像人痛苦的眼睛、无力的手指、纤弱的脖颈、下垂的肩膀……烟雾色，二月的山色，阴沉、潮湿、恐怖，就像冰原……①

---

① 《解梦词典》第228页：你若是做梦梦见落入一个深渊，这说明你将遇到许多困难，你会失去你最好的朋友。

第五章　德拉戈比山口的隐秘与泡沫四起的瓦尔博纳河

第二天，我出发了。尽管我舅舅埃米尔反对，我妈妈也不赞成，还来了我家，给我送来了全部的大衣和可能用得上的毛线衣，但我没有放弃。这是我手里唯一的证据，唯一的线索。要是我找不到拉多瓦尼的妻子，要是有一天她自己回了家，要是在我找到她之前，她出了什么意外，那我的职业生涯将遭受一次不小的打击，或者永远终结。谢丽·塞费里，倘若有一天追踪到拉多瓦尼妻子失踪的事情，即便她无法定论，火山也会喷发。而且，我也会落入她的魔爪。现在，我就能想象出栏目的标题：女暗探——多可怜啊！莉莉安娜·杜卡，活生生的失败样板！莉莉安娜·杜卡，贪污犯阿图尔·拉多瓦尼的帮凶，拿了后者一大笔钱却糊弄他，让他孤立无援！

当舅舅明白我并非只是去瓦尔博纳找人，一些迹象表明根特·拉迪和法特米拉·拉迪的女儿也在那里，就不再反对我去了。从我们社的渠道搜集到的资料看，我们得知女孩的姥姥和两位舅舅恰好都住在瓦尔博纳，他们在那里做旅游小生意——把他们在山里的住所改成了一家招待所，那里住着不少外国人，尤其是德国人、捷克人和荷兰人，他们热衷山林徒步，亲近纯净原始的大自然。

早上七点半，导游索科尔开着面包车来接我。索科尔和几个朋友开了一家旅行社，陪同想去无人涉足或者鲜为人知的地区了解一下的旅行团。

"现在是冬天，很少有旅行团去瓦尔博纳，"我给他打电话时，他疑惑不解地说，"为什么您不等到春天，我可以为您安排些确实很棒的活动呢？"

"但是，我无论如何等不到春天，"我对他说，"我恰恰想要领略一下隆冬时节肃杀的景致：雪崩、山尖厚厚的云层、半没于大雪中的石屋、在山石岩壁间奔流汹涌的瓦尔博纳河。我想途经一下科曼湖（这让我看起来像个真正的游客），不走库克斯的新路。"

"让我们看看，"他继续说，并没有消除疑虑，"因为前往您要去的村子的路现在还封着，我们得看路到底能不能通。我再看看是否找得到像您这样疯狂的人，因为单为一个人，我没法跑一趟的。"

后来，晚饭时分，他给我打来电话，告诉我可以。我们早晨七点出发，我猜他又钓到了一两个"疯子"。

在面包车里，除了司机，还有两个男人和一个女人。我和他们打了招呼，他们用英语回答，我当即明白同行者不是阿尔巴尼亚人。我坐到了后排的位子上，挨着车窗。我打量了旅客，将与他们同行整整五六个小时，也许晚上还要一起住在招待所。那个女人金发碧眼,典型的德国人或英国人模样,大概三十五到四十岁,年纪与我相仿。其中一个男人非常年轻,大概二十至二十五岁,而另一个,应该是那个女人的男友或丈夫,年纪最大,四十五岁左右。他们时不时回过头,朝我笑笑,大概是因为不想让我觉得不舒服,他们占了前排,那是好一点的座位。我也冲他们笑笑,甚至比他们笑得更甚,我想向他们表明,我坐在后排靠窗的位子很舒服。

我们出发了。我的眼前出现了达伊特山,大山呈深青色,让人非常有感觉,天空飘满了白云,看着像洁白的大盐粒撒在苍穹之中。

导游索科尔,一个三十岁黝黑的瘦高汉子,皮肤经受过风吹日晒,笑容可亲又机智敏捷。他站着,背对着司机,双手搭在第一排他的座椅上,用英文开始给三位外国人讲解映入他们眼帘的一切:卡姆扎路、巴索里亚区①,哦,瞧瞧,拉奇市②和社会主义时代遗留的厂房,哦,看啊,碉堡,你们看碉堡——政权妄想症的表现。

"哇哦!"三个北欧人③惊呼,"请您停一下,我们拍一两座碉堡吧!""你们真觉得躲在这些圆乎乎的混凝土怪物里,就能抵御西方帝国主义的进攻吗?""瞧啊,瞧啊,你们还画上了彩画!多么有艺术气息啊!喔,简·霍尔特,这个

---

① 位于首都地拉那北部的一个区。
② 位于阿尔巴尼亚北部的莱什区。
③ 指上文的三位外国旅客。

民族真有本事,能用独特的幽默感和艺术感告别过去。哦,朱迪斯,这趟旅程真的变奇妙了!哇哦!瞧那座碉堡,那座大的!他们居然改成了咖啡馆!哦,不可思议。天才!太聪明了!""亲爱的索科尔,我们能不能停下来在碉堡里喝杯咖啡?等我们把照片发到脸书上,我们的朋友会嫉妒得要死呢!"

我尽量远远站着,以最礼貌可行的方式冷眼旁观。我也在碉堡改建的咖啡馆里喝了咖啡,喘了口气,里面散发着潮湿发霉的气味,老板兼伙计笑起来有点憨,他以为我是领队,对我说:

"我们还有杂碎汤!美味极了。"

索科尔狼吞虎咽了一大盘薯条配杂碎汤,而北欧人,尽管很想品尝一切当地美食,但当他们看到上面漂着厚厚的一层油,还是不敢尝试。

我点了山茶、烤面包配奶酪,我的三个北欧同行者看着这菜单倒是更靠谱些。我察觉到,那天,他们毫不畏惧清晨凛冽如刀的寒风,而我却嘴唇发抖,脸冻得青紫。

"现在,"等我们又回到面包车上,车子开始沿着马特河行驶,缓缓向着山谷驶去时,索科尔说,"我们直接去科曼,从那里乘船去巴依拉姆楚里。这是一处人工峡湾。"他向惊叹于阿尔巴尼亚美妙自然风光的三人解说道,似乎他们正在感叹:建筑公司的挖掘机非法开挖岩壁,导致河流变得湍急;摇摇晃晃的桥梁、棕色的荒山,还有冬日惨白的阳光,仿佛预示着未来陌生而突如其来的日子，带有惊悚而又吸引人的感觉；修建水电站时形成的沃伊德耶人工湖群，在山谷间不时现出粼粼波光，而我们盗取了周围山谷的倒影，它们因霜冻而呈现蔚蓝色，就像映射出钻石光泽的闪电，被我们分割为碎片。

索科尔又引我们看山崖上孤零零的房舍，他说那三四幢稀疏分布在深潭上的房舍构成了一个村落。他还尽量给三个北欧人解释究竟什么是臂上之歌①，它的作用就像昔日村民之间彼此联络与交流的一种通信工具。甚至他还做了手臂上抬的手势，手掌拢住耳朵，像地道的山民一样呐喊起来。

"哦，"名叫弗兰克的那个最年轻的人说，"哦，真的吗？"

我肯定他什么也没弄明白，但极其有礼貌地继续往下问。

沿着湖在河谷上走了一个小时后，我们又驶过颇似月球景致的大坝区，最终抵达科曼，在这里等渡轮。我们在一个小广场上停了车，广场上还有几辆不同类型的车在等待，有一辆满载乘客的面包车上，乘客都坐着不动，决计不下车，悠闲地注视着我们四处看。两位扎德里玛②妇女，鬈发很别

---

① 阿尔巴尼亚北部山区的男声演唱歌曲，以手势的位置得名。"臂上之歌"由一两个男子高声演唱，演唱时右手抬至臂上，拢住部分耳朵以便控制声音，演唱内容通常为叙事史诗。

② 阿尔巴尼亚北部平原地区，属于莱什区。

115

致,头巾横包着前额,坐在面包车的前排,茫然地观赏着严寒的景色。谁知道她们在隆冬时节为何走这条道去巴依拉姆楚里。

峡湾湖由此开始,穿行于高山深谷之间,山顶上笼罩着厚厚的乌云。寒风凛冽,湖水掀起汹涌的大浪,打在岩石上。我们将在这样的天气航行,我可不喜欢,但我下定决心忍耐。最后两三小时路了,我不会死的。

我们下了面包车,跟着索科尔进了一家小餐吧,在这里我们可以喝点茶,不过许多人正在吃三明治,还有就是杂碎汤。

我朝外国人笑了笑,不得不回答他们的问题,我说因为正在写关于阿尔巴尼亚山地旅游、特别是冬季旅游情况的研究报告,所以要去瓦尔博纳转转。

"那您是记者咯?"名叫简·霍尔特的那个人问我,饶有兴趣地看了我一下。我不明白这个人为什么一定要人连名带姓地称呼他。

"可以算吧,"我回答,"我更多地在做国家的文化遗产、无人涉足的旅游区,偶尔在各种报纸上发点研究成果或是评论。"

"我们俩是英国人,"简·霍尔特指着自己和名叫弗兰克的那个人说,"朱迪斯是瑞典人。"

索科尔特别注视了我一下,额头拧了起来。他定是在想为什么身为导游的他不晓得我的研究。

"这一行，我是新手，"我用阿尔巴尼亚语对索科尔说，"我在试用期，所以你没碰上过我。但是，用不了多久世界就会为我的发现感到震惊的。"

他笑了笑，放松下来。这样一来，不知道这条信息就不是他的错了。

"我们再等一下，渡轮就要来了，"他说，"我想渡轮不会晚的。"

我望着广场。车辆和行人越聚越多。一个村民正把马拴在铁栏杆上，但是那牲畜不停地刨蹶子，一点也不愿意听话。两个男人走了过来，要帮他制住那匹马。几个年轻人，裹着黑色双头鹰国旗，直跺脚，来抵抗严寒。

"他们去哪儿？"我问索科尔。

"斯库台队与马其顿的一支球队有比赛，"他回答，"在普里兹伦踢，我想。啊，渡轮来了。"

渡轮轰鸣地破浪驶入码头。那是一艘有点破旧的轮船，船锚上锈迹斑斑，黑乎乎的，站在甲板上裹得严实仍旧瑟瑟发抖的人们，却对船的抵达显得很是欣喜。大家都聚到港口上，着急地相互推搡，不顾港口人员拼命叫嚷，向大家解释要先下后上。终于，这一逻辑大获全胜，人们闪到两旁，还簇拥着想要看看有什么热闹，渡轮降下大踏板，车辆鱼贯驶出。我松了一口气，但是没有说。突然，驶出的车队停了下来，我们大家都看到，从渡轮里驶出一辆绿色面包车，上面放着一个非常令人奇怪的东西——一辆坏了的出租车，车上还落着两个床垫和一把椅子。通向岸边的踏板只有几米，可面包车司机根本开不过去，他使劲加大油门，但是除了马达震耳欲聋的轰鸣和黑烟之外，就鼓捣不出什么别的。此时，村民的马没拴牢，在广场上乱跑起来，它的主人和两个男子在追马。载着扎德里玛妇女的面包车开上前去抢位子，虽然谁都不明白，有搁着出租车的面包车挡道，它如何上船。那一刻，我混乱的脑子里突然生出了一个奇怪的念头，在面包车、马匹、拿着大袋小包的人、各色的车辆中，在众多排队的轿车里，我好像发现了谢丽·塞费里的身影。她在一辆绿色的轿车里。我眯起眼睛，急忙往那个小车窗望去，却只看见一个我完全陌生的男人的大脑袋。

我们都一直关注着事态的进展，大家被烟呛得直咳嗽，纷纷出主意。一个卡车司机拿出绳索和挂钩拴好，就要拉面包车，可是无论他怎么轰油门，无论动静多大，也没法让面包车挪一挪位置。于是，一大帮男士在绳索边排好队，给卡车司机添把劲，我看到简·霍尔特和弗兰克也加入其中。但是，朱迪斯在哪里？我暗暗自问，担心马踢她一脚，或是被哪个想要挪车的人一不小心挤到冰冷的水里去。我身旁唯有索科尔静静地伫立着，不为所动。

"索科尔，"我抓住他的衣袖说，"那个瑞典女人朱迪斯，去哪儿了？别是丢下我们走了吧。"

"她没地方可去的，"索科尔说，"现在这一切就要结束了，我们到里面去，会找到他们的。"

"那他们要是不和我们的车一起走呢?"

"当然一起走。"索科尔斩钉截铁地对我说。

我耸了耸肩,把鼻子藏到棉服里,扫视我四周的人。最终,我瞧见了朱迪斯浅蓝的鸭舌帽,看来她正在与马主人说笑。他已再次把马拴好,现在同外国女游客在攀谈,整个人乐不可支。上帝,我惶惑,他们用什么语言沟通呢?但我转念一想,手势语言都是全世界通用的。

又经过约莫一小时的种种努力,我们和索科尔的车一起上了渡轮。座舱里摆着木桌和长木凳,还有一个简易的吧台,可以点三明治和咖啡,但是,紧要的是,这里可以免受咆哮地冲上船甲板的浪头冲击,躲过才找到容身之所便倾盆而来的冰凉的暴雨。

简·霍尔特、朱迪斯和弗兰克目不转睛地听着索科尔讲解历史和地理,扎德里玛妇女和她们的堂兄弟、亲戚们则在桌上打开装着食物的大包小袋,开始吃起来。我身旁有两个男孩在下棋,而披着国旗的球迷则倚着吧台桌,吃着三明治,喝着罐装可乐,高声地说着话,相互揶揄。

我向窗外望去,目光落在层层叠叠的乌云和黑黝黝的山体上,山谷连绵不尽,就像一面面陡峭而高耸的墙矗立于狭小局促、波浪滔天的湖水中。

我在往哪儿去呢?为何我要冒这么不清不楚的险,旅途如此艰难,寒冷如此难熬,还有我周遭的人,等待着我的未知?!

倘若我一无所获，既没找到法特米拉生病的女儿，也没寻到法特米拉的母亲呢？或者，从另一个视角看——即便我找到了她们，可是她们对阿丽亚娜一无所知呢？凭什么我对那通电话那么笃定？

救命啊，我就要绝望了。我努力让自己清醒过来，动一动，看看周围，观察，仔细点看。瞧，就拿这个屁股不沾凳的简·霍尔特来说，他正在和球迷聊天，定是在询问巴尔干冠军杯赛……我正这么忖思着，简·霍尔特回过头，我们的目光相遇了。他像是突然被逮住一样，移开目光。我也向别处、更远处望去：铁青的山体和撞向甲板的愤怒的波涛。

我的思绪跳到了阿图尔·拉多瓦尼身上，从社里我的办公室拿到的报纸和通告看，似乎提到他的情况越发少了。而提到法特米拉·拉迪名字的次数却翻了倍。据埃米尔舅舅说——我和他仅用沃达丰的 U 盘在 Skype① 上说话或留言——拉多瓦尼先生肯定得到了检察官和法官的支持。逻辑让他推导出这些，因为他觉得根特·拉迪可怜的妻子会成为替罪羊，她既没有那么多朋友，也没有什么倚仗。

我在头脑里回忆着最近我与阿图尔·拉多瓦尼所有的会面，我和他的交谈。他的行为无法让我得出与舅舅相同的结论。我认为，他更像是不再用自己的眼光看待生活了，他换了另一种眼光。或者说，之前的眼光也并不是他的眼光。我

---

① 微软即时通信软件。

觉得，他掏空了欲望，摒弃了对钱的渴求，也没了对荣耀的野心。但是，这可能只是一种印象，诱我误入歧途。从另一面看，他是个性格坚毅的人，不会轻易放任自己，他懂得克制情绪。

最近在"玫瑰人生"的谈话，让我否定了舅舅的猜测和我可疑的推理。显然，米兰达·波伊斯卡和校长的故事烙在了他的心里。那一夜，他端详马克斯的忧郁之时，我觉得他第一次感到了罪恶，他宁愿自己不是他，而是另外一个人，一个普通的无名之辈，一个任何人都不会昂起头想要看到的仰慕者。

无论如何……

人就是大麻烦。在他们的心中，隐藏着七拐八弯的幽暗长廊，没有说出和永远不会说出的想法在其间游荡，隐藏着看不见的湖泊，蓄积着没有流出的泪水，还有准备喷发的火山，思想自在漫游的宁静平野，潜意识的波涛撞击的陡峭岩石，裹挟着一切的遗忘之河——里面既有伤痛，又有懊悔的腐蚀，还有幸福……

我根本无法如此轻易地去剖析阿图尔·拉多瓦尼，但在大冬天里，我并不是为答辩一篇心理学方面的博士论文上路的。阿图尔·拉多瓦尼付给我钱——而且价钱高昂——让我替他找妻子，最好把她平平安安地带回家。

船上一片玻璃窗外，群山层峦叠嶂，淹没在云雾之中。渡轮颠簸得厉害，袋装的面包、奶酪、香肠、棋盘、可口可乐罐、其他各色物品,从长条木板桌上滚落到了地面。扎德里玛妇女手臂叠放在桌上,头伏在上面睡着了,男孩还在相互打闹,索科尔看着一本指南,而简·霍尔特、弗兰克和朱迪斯正在倒腾他们的大衣。朱迪斯黄色大衣的一枚纽扣松了,简·霍尔特正在用发卡或类似的东西给它固定。弗兰克心不在焉地望着窗外,一只手搭在一把固定于地板不会翻倒的铁制椅子上。从脸上的表情可以看出,他对一切都毫不在意,严寒的冬天,汹涌的海浪也好,从桌上滚落的香肠,朱迪斯大衣松了的纽扣也罢,而他只在乎他的思绪,这肯定与他周遭的时空没有丝毫联系。对他自己而言,他的纽扣一个不少。我发现,弗兰克大衣的纽扣,还有简的纽扣,都与朱迪斯的纽扣大小和颜色一致。我想,他们由于都要来这里,一定是在同一个大商场买了大衣。

三个小时后,我们来到了巴依拉姆楚里。扎德里玛人又登上了去往某地的面包车,球迷们搭上了巴依拉姆楚里—普里兹伦线巴士,马带着马鞍上的主人从城市的大道上飞驰而去,大道边的人行道上挺立着又高又老的栗子树。我们在一家传统餐厅吃了午饭,暖了暖身子,用馅饼、烤肉、酸奶酱和本地奶酪充了饥,又上了路,向德拉戈比山口奔去。

"我们必须在天黑前到达,"索科尔担忧地说,"现在不到五点天就黑了。"

朱迪斯头靠在简·霍尔特的肩上睡着了,而英国人弗兰克依旧饶有兴致地望着窗外,他显得精力充沛,不知疲倦。索科尔话说得越来越少,我暗暗感激他,因为我需要点沉默,以便我继续思考。按我的理解,那三个黄头发也会与我下榻在同一家山间小屋。然而,我并不介意这件事。有一些外国人在身边,可能反而方便我完成任务。因为这样,我就不那么引人注目了,很多人也都会误以为我是他们的陪同或者翻译。

我们来到了德拉戈比山口。瓦尔博纳河出现在我们眼前,水声隆隆,波涛汹涌。河水撞击着岩石,在山谷和岩洞间左躲右闪,在山脚下泛起泡沫,在某个天然的小水湾里安候片刻,又迅猛地转头奔流而去。我们的头上两座山面对面耸立,中间留给天空遐想的空间过于狭窄。云层低垂,几乎就悬在面包车顶上,令人觉得触手可及。黑石板的斜顶石屋不时探出身来。雨停了,天冷得更甚,此时云似乎升到了更高处,形成了连片的无形无状的云层。

"一会儿就要下雪了。"索科尔低声说,吐出了与我所想一致的话。

三个北欧人无声地注视着我们。也许,他们为难解的阿尔巴尼亚语想破了头,只想弄明白我们互相说了些什么。

一幢木屋旅馆一闪,又没入了山林之中,它身后还有三座石屋。

"从那个弯拐进去,"索科尔对司机说,"我们到了!"

我们从面包车上下来，此时夜幕迅速降临，一迈进穆巴丽梅妈妈招待所的大门，要不是悬挂在一个窗檐上的电灯立马亮起来，我们根本看不清彼此的脸。

穆巴丽梅是位胖胖的女人，五十来岁，头巾围在脑后，微笑始终挂在满是皱纹的脸上。但是，她的眼睛蓝里透灰，我们走进客厅兼厨房时，我惊讶地发现她的眼睛立刻令人有种友善亲切的感觉。客厅兼厨房的三面被樱桃色天鹅绒沙发墙围住。一张大木桌占据了客厅的大部分。在右边，一个壁炉正火光熊熊，对面，第四面墙的位置是厨房，摆放了各种各样的器具。烤盘上的烤面包、奶酪和刚刚煮好的牛奶飘来香气。

"欢迎你们！洗洗手，过来吃吧，"穆巴丽梅对我们说，索科尔翻译成英文："我们有烤山羊肉、烤土豆和奶酪鸡蛋馅饼。还有葡萄酒和果酒，你们请随意。"

一个黑头发、红嘴唇，穿着牛仔裤，上面罩着法兰绒长裙的小媳妇带我们看了看房间。三个房间都在二楼。我和弗兰克，我们俩的房间挨着，简·霍尔特和朱迪斯睡在走廊尽头的一个大一点的房间里。

"有暖气吗？"朱迪斯问，显然她比另外两个人怕冷。

"有，"名叫特伦达菲丽娅的小媳妇回答，"屋里有电源插座。你们去睡觉时，把电源插上，房间就热了。"

我走进房间，脱掉大衣，从我出发前一天夜里妈妈给我送来的那些衣服里，取了一件毛衣穿上。我还换了鞋，穿上一双厚底带毛面的拖鞋。在这样一个黑黢黢的夜晚,在头顶上摇摇欲坠的群山中,在刚刚下起来的鹅毛大雪里,我是不会再出去了。我观察了一下窗外,那时雪开始下了,还下得不大,因为地面被雨打得湿漉漉的。

我走出来。明亮的楼道里点着唯一一盏六十瓦的电灯,没有人走动。一共五扇门,就是五个房间。我们——刚来的团,占了其中三间,还余下两间。我们来的路上,我目测房子是两层楼。在大厅所在的一层,我发现有一个卫生间和唯一一间房,小媳妇和穆巴丽梅打里面出来过。

所以,游客,像我这样的,还有其他两间房可以住。穆巴丽梅和她的家人住在楼下的房间里。斜屋顶下可能还有一个阁楼,这个得到第二天早上我才能确定。

在饭厅——因为它就是吃饭的屋子,不是客厅——不过,据我了解,它也是唯一一个众人可以待的地方,这个大房间是多功能的。因此,要是那里除了我们,还同时或者长时间住着别人,他们是没地方住的——他们不得不与其他人同吃同住。

"你坐下,女士,"穆巴丽梅说,一只柔软的手碰了碰我的肩,"你都冻僵了,你的嘴唇都变紫了。你要一盘热汤吗?里面有蔬菜和意式细面。"

"我要,"我回答,"我得要。再来一块馅饼。"

她朝我微微一笑,在桌子上铺上一块四方大桌布,此时特伦达菲丽娅把汤盘、勺子、餐巾和刚从烤盘上取来的面包端到了我面前。

"太好吃了,"我对穆巴丽梅说,"你手艺真好!就我们这几个客人吗?"

"不是,"穆巴丽梅一边切着馅饼,一边回答,我的心怦怦直跳,"不,女士。虽然是冬天,但还是有人到我们这儿来。除了今晚和您一起来的三个英国人,还有两个德国人,住在阁楼上,因为他们随身带了不少东西,想要大地方。现在,他们该回来了。"

"哦。"我失望地回答,头低垂到盘子上。到底,还是有一个阁楼。

热腾腾的汤和馅饼,烤得麦香浓郁、热得发烫的面包,让我筋骨舒坦,血也热乎起来,感觉更好了。我又觉得生活过得去了。不一会儿,两个德国人肩上背着重重的包走进屋子,他们打了招呼,便上了阁楼。特伦达菲丽娅坐到我身旁的沙发上,开始绣东西。

"这些是科索沃的式样,"她指着花样对我说,"我们去附近的贾科沃买的式样。很漂亮,是吧?"

"确实非常漂亮。"我不假思索地肯定道。

脚步声响起,接着,简·霍尔特、朱迪斯和弗兰克就出现了。他们都很精神,脸颊因严寒冻得红扑扑的,人很放松,穿着并不太厚的羊毛衫。三人在我对面坐下,把我当成老熟人,朝我笑了笑。我报以微笑,心里却在盘算:索科尔死哪去了?现在,不会让我给他们翻译吧!

不一会儿，穆巴丽梅就把全部的家当都摆到了他们面前：烤肉、烤土豆、汤、馅饼、奶酪、泡椒、面包和酸奶酱。他们贪婪地盯着大大小小的盘子，赶忙吃起来。两个德国人也来了，狼吞虎咽地吃，并不说话。最后，索科尔来了。穆巴丽梅又拿来了一壶红葡萄酒，就是那种口味不好的"自酿"微酸葡萄酒，给我们所有人都斟满了。我们，就是我、三个"我的英国人"、两个德国人和索科尔都高高兴兴地碰杯，喝了酒。半个小时后，我们每人又灌下去两杯，说说笑笑，猛然热闹起来。穆巴丽梅和特伦达菲丽娅也跟着笑，虽然除了我偶尔简单给她们解释一下，她们一句话也不明白。

三个"英国人"并不多言，却附和着德国人滔滔不绝地讲述他们在山区旅行中各种各样的趣事，还时不时冲我和索科尔微笑一下。其中一个德国人讲完时，我们各自又喝下去半杯红葡萄酒，说英语口音很重的另一个德国人问简·霍尔特：

"你们，从哪里来？"

"我和朱迪斯从斯德哥尔摩来，"简·霍尔特回答，"弗兰克从伦敦来。"

"哦，真的吗，弗兰克？"第一个年轻一点的德国人立刻说，"从伦敦来？我在英国伦敦工作过几年，留下了最美好的回忆。"

弗兰克高兴地点点头。

"您是伦敦本地人?"年轻的德国人追问。

弗兰克又摇了摇头。他非常害羞,我想。

"不,"他开了口,"我不是伦敦本地人。说来话长。"他笑了笑,用一种笑的方式让德国人明白他懒得再解释下去。

"哦,好吧。"德国人回答。

"我在意大利的阿尔卑斯山有一段不同寻常的经历,"简·霍尔特立刻说,"五年前,我们……"

我不再仔细听,而是注视着弗兰克。我脑子里有些东西——某些与他的谈吐,以及他说的那几句话有关的东西联系不起来,但我依旧没有明确的感觉。我必须继续听他说,才能弄清楚我无法解释的焦虑。但是听简·霍尔特讲述时,弗兰克坚决地保持沉默,双臂交叉在胸前,目光愉悦而平和——他肯定也是第一次听到这些。

夜晚就这样过去了,一个故事又一个故事,一杯又一杯酒,直到穆巴丽梅都闭上了双眼,小媳妇特伦达菲丽娅绣得眼睛都花了。我们大家都有点醉醺醺的,在我上楼梯的时候,有一搭没一搭地听着索科尔说第二天的安排,心想得尽量别早早睡着,好好听着楼道里不易觉察、不熟悉的脚步声。

我躺在床上,打开 Skype,低声与埃米尔舅舅说话。我详细地告诉他路上的情况以及晚上遇到的人。

"哼,"他回答,"别人没注意到你吧?"

"没有,"我说,"但是,在一楼的房间门口,我看到了两双女式拖鞋。穆巴丽梅和特伦达菲丽娅当时脚上都穿着她们的拖鞋。"

"那么……"他说,"天没亮的时候你就起来吧,悄悄去厨房看看,煮杯咖啡,以防万一。"

突然,在舅舅的脑袋后面,我看到了我母亲的脑袋。

"去看看吧,"她说,根本不解释她为什么在那里,"夜里,不是一大早,你可以起来,去敲穆巴丽梅的房门。告诉她你肚子疼或者胃疼,你有急事求助。"我笑了,妈妈发给我一个吻。"你按我说的做,"她总结,"听我的建议,你从来没有失算过。"

我关上Skype,把电脑放在地上,躺下来,把棉被和毯子都盖到了脖子处。屋里很冷,整台电炉只有两条导热丝,第三条已经松了。我熄灭了电炉,害怕夜里炉丝溅起火星,着了火。发红的电炉光一灭,房间就坠入了完全的黑暗之中。外面,依旧下着雪,那一刻我才想起来雪一直都在下。我望着窗户,窗玻璃上遮着白色的绣花窗帘。窗帘透过一丝温和的白光,多少打破了房间的黑暗。我这样子是在哪儿啊,我想,有点害怕。我第一次,在这些山里头,和完全陌生的人在一起,关于他们,我没有一星半点的信息。对索科尔也是,我不知道什么情况,只知道他经营这家旅游公司。

被房间墙壁上一个轻微的声响吵醒时,我应该眯瞪了有大约一小时。接着,走廊里响起轻轻的脚步声,然后某处房门打开,又关上。后来,一个手机铃声只响了两下,就被一只手迅速挂断。

我起了床。

我穿上一直随身带着的冬季家居服,在腰上系好腰带。我把耳朵贴在门上。完全的静默。除了楼梯的旧木板在吱吱嘎嘎地响,没有任何响动。也许,把我吵醒的声音是木头里的蛀虫在吱吱作响,而不是人的脚步声。我转身望向窗外。鹅毛大雪还在下着。大门门框上的小电灯投下的光锥落在雪片上,让我看清了屋顶、四周的土地、树木和其他的一切都已经被大雪覆盖。除了一个在窗下移动,然后消失在一棵树后面的暗影,而我在白茫茫的树旁却分辨不清它的轮廓。

一条狗叫起来,紧接着发出一声绝望的哀号,便没了声。远一点的地方,雪原上微弱地传来另一条狗的嗥叫。我好好睁大眼睛,但人影已经不见了。也许,我什么也没有看到,昏昏欲睡的脑子正在耍我。

我决定执行我母亲的建议,打开门,拿着手电穿过走廊。我走下像疯了一样吱呀乱叫的楼梯,把光线打在挂着风景画的墙壁上,每张那样的风景画在恰梅丽人①的市场上卖一两千列克。

我在自己料想的穆巴丽梅和她儿媳妇的卧室门口停下来。在门前的地板上,放着四双拖鞋和一双十二三岁孩子穿的靴子。

---

① 现在通常指希腊北部的阿尔巴尼亚人聚居区。

我轻轻地敲门。我想过她们在睡觉,敲头一遍不会听见,但是里面有人迅速从床上爬起来,低语了几句,另一个人也低声回答,接着是一阵轻微的轻声细语和一些令人不解的只言片语,直到最后,穆巴丽梅才自己来开了门。在房间里,兴许点了一盏台灯,因为光线很弱,我勉强看见穆巴丽梅身后有一张带床头柜的床,床上正睡着一个孩子。是女孩,因为她的长头发披着,散在枕头上。

"请说,"穆巴丽梅迷迷糊糊地说,她穿着一件天蓝色长至脚底的睡衣。

"穆巴丽梅,对不起,"我说,"但我觉得很不舒服,我胃病犯了,糟糕的是,所有的药我都忘带了。"

"别担心,女士,"穆巴丽梅说,声音和脸色明显轻松下来,"万事有老妈妈在,你在厨房等我,我就来。"

我走到饭厅,打开灯。那里依旧很暖和。我在沙发上坐下,等着穆巴丽梅。她立马就来了,手里拿着药箱,肩上披着一件男式夹克。

"我现在给你煮一壶山草茶,"她说,把长柄壶放到煤气炉上,"这茶很管用的。季节一到,我自个儿到山里去采,晾干,再储存起来。你瞧瞧,这些胃药,你吃哪个?"

"那么,我就喝茶吧,"我说,"因为我更相信茶。哦,疼死我啦,见鬼!"

"来,快点,"她说,给我拿来一个毛披肩,"你裹上这个!"

我一边把披肩裹得严严实实,一边假装疼得脸都扭曲起来。我呷起清茶,穆巴丽梅给我在里面加了一勺山花蜜。倘若我不是带着使命——一个几乎不可能完成的使命去到那里,我想我得多喜欢这些美事啊。

穆巴丽梅坐到我身旁,把手搭在我的额头上,想知道我有没有点发烧。她摇了摇头。

"你就是着凉了,"她说,"你不适应这里的气候。"看来,穆巴丽梅已经习惯了在她的家里接待来访者,她并不问他们为什么来,和谁来的,要住多久。她只管照应着。她告诉我,她是个寡妇;她丈夫好多年前,在八十年代就去世了,死于肺结核。她自己把三个儿子和一个女儿养大,大儿子,就是特伦达菲丽娅的丈夫,他在意大利打工,从那边寄钱回来。他给他们出了主意,把家改成招待所,干得还不错。"另外两个儿子在这里,我们大家一起干,"穆巴丽梅最后说,"我们还有一家小木屋旅馆,他们大多数时间都待在那里。"

"哦,就是在树林里的那家旅馆,从路上看得见的吧?"

"是的。"穆巴丽梅说。

终于,我提出了那个已经话到嘴边的问题。

"那女儿呢?她也像儿子一样,和你一起干吗?"

穆巴丽梅由下往上摇了摇头,表示否定[①]。

[①] 阿尔巴尼亚人摇头时,可以表示肯定,也可以表示否定。

"哎，我女儿以前在地拉那，结了婚，有份好工作，但她运气不佳……"

她眼角流出两滴泪，拿衣袖擦去。

"为什么呀，穆巴丽梅？女儿出了什么事？"我用所能发出的最难过的声音问。

"哎，亲爱的……她运气不佳。她孩子，我现在带着的一个小姑娘，生下来就有残疾，大夫都说没办法。她丈夫，出身地拉那一个好人家，一年前去世了。现在，我可怜的女儿，孤身一人，无依无靠，还被辞退了。她没有跟我解释，但是整天哭，对我说她很害怕。我不明白她为什么这么害怕。即便是辞了她，她也可以住到这里，我们一起抚养她的孩子。她不会没口饭吃呀！"

我抬起眼睛，看了她一眼，为我的"使命"感到羞愧。她是那么伤心，那么恐惧，那么不安，她盯着我看，那么希望来自地拉那的我多少能给她点帮助，弄得我立马耷拉下眼皮，不想让她看到我眼中的谎言。

"女儿……和您在这里吗？"我小心翼翼地问。

"就和孩子在一起，亲爱的。现在是严冬时节，我们这里连医生都没有。但是她来了个朋友，正在鼓励她。上帝保佑她！"

我凑过去，拥抱了穆巴丽梅。我不知道再对她说什么好。她紧紧地搂住了我，又擦了擦眼泪。

"你明天要进山吗？"她问。

"不,穆巴丽梅。我是来住几天的,写本书,我不去转。我既不想接到办公室的电话,也不想遇到认识的人。明天,我就待在这里,在厨房的火炉边,赏赏雪景,尝尝你做的饭菜。"

"那你会见到我的女儿和儿子的,"穆巴丽梅说,"把茶壶端到房里去吧。"

我们俩都站了起来。在我们听到有人匆匆走上木楼梯时,我腰里系着穆巴丽梅的披肩,手里拿着茶壶,穆巴丽梅正要把药箱送回房间。我们面面相觑。

"我和你一起上楼吧,"穆巴丽梅说,脸上忧心忡忡,"谁下过楼呢?"

"或许有人去了卫生间。"我低声说。

她耸了耸肩。

"每个屋都有卫生间。"她低声解释。

在二层的走廊里,没有出现人影。几秒钟前,他,或者她,已经溜回了房间,没有留下任何踪迹。

"你进屋吧,关好门,"穆巴丽梅建议,"这里有我。没什么事的。睡个好觉!"

说得轻巧!雪中窗子下的人影,木楼梯上吱呀乱响的神秘脚步声,低悬在我头上的两座山之间的房子……说得轻巧!

清晨时分,我睡了一会儿。等我起床,已经八点三十五分了。我迅速收拾好,下了楼。厅里,两个德国人和弗兰克正在吃早餐,穿着要在恶劣条件下进山的衣服。三人朝我打了招呼,又大口咽起煎蛋卷,配着香肠、奶酪和黄油,喝着穆巴丽梅家奶牛的热牛奶。

"你的胃怎么样了?"穆巴丽梅问我,炉子的热气和壁炉里熊熊的火光让她的脸颊通红。

"好多了,谢谢,穆巴丽梅,"我说,"你的茶太神奇了。"

我转向德国人和弗兰克,用英文向他们解释,由于夜里感觉胃疼得厉害,我起过床,穆巴丽梅的蜂蜜茶神奇地把我治好了。

他们面露惊诧,同时都很高兴我好了,还对那种茶饶有兴趣。穆巴丽梅让他们看了看干燥的茶叶和蜜蜂在山上一朵朵采花酿的蜂蜜。我把茶的各种疗效都翻译给他们听。

"简·霍尔特和朱迪斯在你们前头已经走了?"我接着问弗兰克。

"是的,"他回答,"他们走得早。我懒惰,现在才出门。"

较年轻的那个德国人有点认真地看了看弗兰克,接着说:

"奇怪,弗兰克,虽然你在伦敦长大,却有美国口音。你是受了什么美国老师的影响吗?"

弗兰克笑了。

"我的姥爷,"他说,"他是美国人。我夏天都到他家去过,在加利福尼亚。"

三人离开,我目送着他们一个跟着一个走在下雪时可通行的小路上。弗兰克走在最后。

不久，他们消失了，像是从未存在过般被一片白色吞噬。

我呆呆地站了好几分钟，琢磨着他们在雪地上留下的足迹，它们就像鬼魅的象形文字，迅速被大雪覆盖。

然而，就像突如其来的暖意将冰块融化，脑子里从晚餐时起难为了我一整夜的方程式解开了。当时弗兰克懒懒地说了几句话，我便感觉到了难以解释的焦虑。弗兰克是英国人，说话却是美国口音！

我在无意识中觉察到了这一点！

我转过身，朝穆巴丽梅笑了笑。她也冲我笑了笑，走了出去，马上又牵着一个小姑娘走了回来。小姑娘，应该大约十三岁，黄色的鬈发，眼睛绿中带灰，一看就是所谓"发育迟缓的"孩子。她高兴地看了看我，接着又把注意力从我身上移开，坐到了桌子上。她把穆巴丽梅摆在她面前的所有东西——煎蛋卷、馅饼、奶酪、酸乳酪、肉桂蜂蜜烤苹果——都吃完，拿起电视遥控器，拨到动画片台，愉快地靠在沙发上。但是，没过多久，她就不想看动画片了，眼睛四处乱转。

"穆巴丽梅奶奶，"她突然嚷道，"橱柜上的那个是什么？"

"什么？"穆巴丽梅问，她又在平底锅上煎鸡蛋，并没有回头。

"那里，那个东西。"小姑娘说。我和穆巴丽梅都向小姑娘手指的方向望去。

"哦,你别动啊,英国人落下的,"穆巴丽梅说,"你别靠近它,别去碰它。"

在厨房带玻璃门、木头上了漆的橱柜上,我看到了一架专业照相机和一支圆珠笔,都是很贵的那种。

"他今天落的?"我问。

"是的,现在,"穆巴丽梅说,"他坐下来吃饭的时候,把它们放在那里,还说去转的时候,他要用的。但是,这不,他忘拿了,倒霉鬼。这人看上去有点迷迷糊糊的。"

我端详了一下照相机,不再琢磨弗兰克。我掏出笔记本电脑,请求穆巴丽梅允许我在大桌子上干活。穆巴丽梅爽快地答应了我的请求,当我称赞她的烤面包,说她的牛奶有真正的奶香味,是自从卖起盒装牛奶我们已遗忘了许久的味道时,她很是欣喜。

"我们只有纯天然食品。"穆巴丽梅自豪地说。她又告诉我,她在自家的院子里种了土豆、辣椒、西红柿、大葱、洋葱和蒜,都拿来做菜。"牛要受累,但是它提供的东西是无价的。"我点点头表示赞同,装作在电脑上干活,但实际上,我在用聊天工具与办公室联系,同时留意着门口,随时法特米拉或者阿丽亚娜都可能走进来。我默念着要说的话,而实际上我都会背了。

我关好聊天工具,在文档"记录"里写道:

1. 阿丽亚娜在这里。

2. 法特米拉在这里。

3. 孩子是法特米拉和根特的。她就在我眼前。

4. 我相信今天就能见到她们。

疑问：

1. 夜里我窗下的人影。

2. 我与穆巴丽梅在厨房说话时楼梯上的脚步声。

3. 英国人说美式英语。

  我关上"记录"文档，却继续开着笔记本电脑，假装在干活。门口传来女人的声音，但是门被打开，感觉到她们俩已经站在饭厅里时，我并没有抬头。

  "你好。"一个女人的声音说。

  我抬起头。根据报纸上的照片，她应该就是法特米拉，而在任何情形下我都会认出阿丽亚娜，拉多瓦尼向我展示过那么多她各种模样与角度的照片。阿丽亚娜跟着走进来，她脑袋更长些，扎起的浓密头发看上去像个花冠。

  "你好。"我也说，挪了挪，起身与她们握手。她们在对面坐下。法特米拉抚摸着小姑娘的头，而阿丽亚娜一直看着我，却并无不悦。

  她比照片上优雅、有魅力得多，但是通常金发的人拍照或是上电视时才会出现这种情况。我后背一阵乱颤，感觉到了胜利的激动心情。我找到她了！我追踪着不太明确的踪迹、骗人的标记、可疑的路径，找到了她！

"您就是那位女作家?"阿丽亚娜说,声音听起来仿佛春天来临。她的眼睛是蜂蜜一样的浅栗色,丰满的嘴唇带着些许嘲讽。我想起了拉多瓦尼,清晨因为她不见了在公寓里难受地转来转去的样子。

"哎呀,不敢当,"我谦虚地说,"我永远不奢望一个这样的头衔,我只是研究一下我们国家山区旅游的最新进展。这项研究属于欧洲共同体的一个项目,是阿尔巴尼亚林业发展协会承担的。我已经在南方搜集了资料,现在轮到北方了。我觉得瓦尔博纳名声大,就从它开始做。"

"哦,我明白。"阿丽亚娜说,似乎对我这个人不太感兴趣。她喝起了牛奶咖啡,专注地看着电视上的新闻。我注意到她精致的额头上显现出深思熟虑时形成的两道竖纹。而法特米拉就不行。她应该在四十五岁上下,却看着像六十岁。显然,她没有心思穿着打扮,几处花白的头发她也不梳理。也许,从前她很漂亮,或者至少是赏心悦目的,但这些迹象已经不再显露在她暗淡而毫无神采的眸子里,在薄得几乎消失的嘴唇,曾经或许有着纤细、优雅手指的双手上也不见了踪影。

不,我暗暗想。但愿这不要发生在我的身上!十年后,我就会落得像《道林·格雷的画像》[1]那样!

说真的,作为"女侦探",不是"男侦探",有一个大不

---

[1] 19世纪英国作家奥斯卡·王尔德的小说。

同：在男侦探的脑海里，不会浮现这样毁灭性的、令人绝望的、伤心的念头，这些念头让人的生活黯淡无光，让人完全失去生活的希望，让人心生恐惧，把人抛入深渊！要是我在两周左右的时间得遭遇眼前的这个法特米拉的事，我一定会变成她那副模样，世上没有人还认得我。

看新闻，我对自己说，镇定啊，精力集中，观察阿丽亚娜，想想下一步的战略步骤！

就像有人给我施了黑魔法，我艰难地把目光从法特米拉凄楚的脸上挪开，不情愿地转向了电视。

幸好，当时播映的新闻没有提到文化部和《魔眼》的腐败，而是在说一个部长被他最好的朋友偷拍了的腐败。

"登峰造极了！"我说，想与阿丽亚娜说说话，"不仅全阿尔巴尼亚，而且整个巴尔干都知道，这个人可是靠他的部长朋友发了财，如今却要毁掉他。"

阿丽亚娜笑了。她看上去并不沮丧，还有幽默感。

我本想继续说下去：哎，有什么办法呢，腐败就找当部长的人，可是几年前，这还不过是些小打小闹的弄虚作假，为了避个税。但是我没说，因为门开了，简·霍尔特和朱迪斯与寒冷的气流一同闯了进来。

他们冻得脸色通红，往手里哈着气。女人们跟他们打了招呼，在壁炉旁给他们腾出了位置。

"你们把大衣脱了吧，"穆巴丽梅说，可是他们说不用，因为他们都感到透骨的寒冷，等暖和了再脱。我问他们怎么才转了这么短时间,他们回答说朱迪斯膝盖疼,他们不得不回来了。接着,他们与穆巴丽梅、法特米拉和阿丽亚娜说起了被大雪封住的小路,有一个叫黑崖的地方,可以看到美妙的全景,还有一个小冰湖,传说在湖底住着仙女,而结论是,他们说得等天气转好。他们会待在屋里,看看书,养精蓄锐,以便暴风雪一过,他们就能去长途跋涉。

"我们正担心着弗兰克和两个德国人。"穆巴丽梅说。

"弗兰克很在行,"简·霍尔特说,"他一个人可以从暴风雪里走出来。至于德国人,我不知道说什么。我不了解他们,但是,有弗兰克给他们带路,他们会像苹果一样平安归来的。"

特伦达菲丽娅走进来,默默坐到一个角落里,绣起花来。穆巴丽梅不停地瞪她,她才立马站起来,开始做面团。

"他们在说什么?"简·霍尔特问,他一直裹着那件带金属大纽扣的大衣,与朱迪斯一样不脱。我想着,他们现在脸红是热的,而不是冻的,但他们已经决定把骨头全热化了,不热晕过去决不罢休。

当你看到奇怪的事情,即便你觉得它无关紧要,也要关注它,不要绕过去。

这是我舅舅埃米尔的大座右铭,也许是他成功的秘诀,但现在我觉得太关注这些,太在意别的明显无足轻重的事,是我想多了。我的目标就是阿丽亚娜,她还在看被偷拍的部长竭力辩解的访谈。简·霍尔特问了大概两三回电视上正在说什么，阿丽亚娜简要地给他解释，后来他站起来，大衣依旧死死地扣着，他说要去房间里看书。他的脸和眼神都无法让我联想到深入的思考与阅读，但是我把这种印象丢在一边，稍后再做分析。

他走了，我又感到昨夜我绞尽脑汁思索弗兰克口音时的焦虑。简·霍尔特的元音发得太饱满，看起来他更像意大利人说英文，而不像英语说得与母语一样的瑞典人。现在我又想多了，我暗道，但不管怎样，后来我在"记录"文档里记下了这种感觉。

"哇，"法特米拉似乎走出了忧郁的状态，说道，"他竟然用圆珠笔和纽扣录像啊！"

我扫了一眼遮着那些白色绣花纱帘的小窗子。外面依旧下着雪，但是小了一些。世界是白色的王国，只有两只冻坏的小鸟啄来啄去，破坏了风景。看起来似乎生活就是这样一成不变的没有终结、沉默无言，模模糊糊、雾气蒙蒙的疑问无声地飘落，被掩埋在雪地上。

壁炉里，炉火噼啪作响。阿丽亚娜站了起来。

"我去房间了。"她说。由于没有人说话，我能够听到她脚步的路线，那双脚并没有去穆巴丽梅的房间，而是上了楼。那么，她的房间就在我住的那层。我说要上卫生间，也上了楼，一口气冲上楼梯，我看见她南瓜色的厚毛衣一角消失在3号房门后。房间与我挨着。

太好了。

这件事让我心安，因为必须与她悄悄聊一聊的时候，我就方便多了。

我又回到客厅兼厨房。朱迪斯终于脱掉了大衣，把它叠放在我们对面的椅子上。金属纽扣，在穆巴丽梅不停添柴的壁炉烈火下，歪歪扭扭地映出我们泛红的脸。穆巴丽梅和儿媳妇把小猪肉和土豆放入了烤箱，又开始摊馅饼皮。

显然，似乎我们的时间与空间停滞了，秒针、分针都不再走了，世界就是那个温暖的房间，外面的事物都不存在。虽然仅是中午，天却明显在变暗，因为日光已是暗淡下去的一片灰。唯一变化的东西就是这正在晦暗的日光。

法特米拉站起身，帮她母亲做饭。小姑娘睡着了，被送回她的房间去。

"你们的木屋旅馆离这儿远吗？"我问穆巴丽梅，"我也想去活动一下腿脚，散散步。"

"走路二十分钟，"特伦达菲丽娅替她作答，"现在雪下得小。你一出门直走，就沿着柏油路走，在你右手边会看到旅馆。"

"谢谢，菲莱①，我走了。谢谢款待！"

"你多穿点，"穆巴丽梅嘱咐我，"拿上手套和帽子。"

我去了房间，关上电脑，穿上了最厚的衣服。我用围巾包住了脸，只把眼睛露在外面，走了出去。冰冷的空气和雪

---

① 特伦达菲丽娅的昵称。

花,让习惯了地拉那雨季潮湿的气候、温度少有低于零摄氏度的我产生了一种新鲜的、几乎陌生的感觉。我想我出门是对的,否则待在招待所仅有的客厅里,我会睡着的。

没过几分钟,我便走上了雪已清扫了一半的柏油路。看来两三个小时前,扫雪车曾经过此地。在我的左手边,山脚岩壁下流淌的河水汩汩作响。我想象起瓦尔博纳河,它泛起泡沫,灰白的河水匆匆地猛跃上岩壁。右边,我看见一些与穆巴丽梅家相似的石板斜顶房舍,画面如同儿时的童话所描绘的这一地区的故事或传说,我觉得自己仿佛在一个大雪建造的虚幻世界中徘徊,太阳一出来,雪一融化,我就突然回到了我在太阳坡的家。云杉、松树和山毛榉被雪压弯了树枝,让我们地拉那人想象的只有圣诞树的冬景增色了好几倍。我正行走在寒冷、高大、魁梧的圣诞树林间,白色的枝杈朝我挥手,欢迎我到它们那边去。

一辆载着石块的卡车驶过,朝我根本想不到的一个方向驶去。山民们都闻到了未来山区旅游要发达起来的味,所以一定是哪里在建新房子。

一辆绿色轿车,似乎是我在渡轮上注意过的轿车,正迎面驶来。许是过了穆巴丽梅的住处,在树林深处,路的尽头,还有其他的房舍。我又走了大约两百米,在雪里,在我的朋友松树和云杉林间,我丝毫没觉得不好,我听到身后传来汽车声,紧接着绿轿车从我身旁驶过,向右拐了弯。我想,那里肯定还是"木屋旅馆"。我朝匆匆远去的轿车瞥了一眼的工夫，脑子深处闪过一个念头。我感觉，我好像看到了副驾驶位子上坐着简·霍尔特。情况有可能会这样。也许，穆巴丽梅的一个儿子从家里把他捎上，带他去旅馆溜达一下。

又走了十米，我看到了我心中念叨的木屋旅馆。它被掩埋在雪中，四周环绕着云杉，小小的窗户，白色的窗帘，屋顶上有个烟囱冒出袅袅炊烟，几辆轿车和一辆面包车停在停车场里。我刚刚在路上看到两次的绿轿车也停在其中。看来，旅馆里住着游客。我正要走过去，刚到小路拐弯的地方，里面走出来一个穿着靴子和大衣的小个子女人，她旁边站着个高个女人，头发乱糟糟的像是刚摘去了帽子，还有一个高个男人。三人向绿轿车走去。高个男人，毫无疑问是简·霍尔特，而女人们……从汽车里拿了包，返回了旅馆……是谢丽·塞费里和白发女魔玛格丽塔！

由于我站在拐角，迅速躲闪到云杉树后，她们并没有看见我。一直等到他们进屋，我才匆匆往回赶。我是一路跑回去的。雪打在我的脸上，云杉在我眼中都成了冷冰冰的人。瓦尔博纳河在我的左侧怒吼，刀割般的严寒，我却不觉得冷。我只盼望绿轿车别第三次从我的身边驶过。我一定要在"他们"之前赶到穆巴丽梅的家。我的脑子飞快地转着。要是谢丽·塞费里和白发女魔玛格丽塔在渡轮上躲着我，又住在木屋旅馆，意味着她们不想被我察觉。那为什么她们的绿轿车又一前一后两次打我身旁驶过呢？是威胁？是示威？是恐吓？还是他们没有发现我走出来，突然在路边看到我，把他们吓坏了？

不容置疑、猝不及防的事实是："英国人"与谢丽·塞费里和白发女魔玛格丽塔是一伙的！在这一事实面前，所有这些疑问都没什么意义。

我猜测和顾虑的一切都变了！得有别的计划，一个紧急计划。往回跑的时候，我脑子里几乎整个盘算了一下。当我迈进穆巴丽梅的院子时，绿轿车尚未到达，而我已经计划好了临时方案。

我径直回屋，换了衣服，理好被大雪和汗水冻湿的头发，五分钟调整好呼吸，便走下楼来。

朱迪斯半闭着眼睛，在壁炉旁打盹。我冥思苦想她是否也有不同于瑞典人的口音，此时我猛地看到叠着的大衣内侧的标签：波托罗兹。我在哪里说过。我在哪里听说过。我在哪里看到过的地方。突然，我心头一亮，波托罗兹正是斯洛文尼亚一座沿海城市的名字，正对着意大利。我想到，衣服品牌可是全世界流通的……只不过，三个接连出现的巧合，就不再是巧合了。

我得破解这个意想不到的谜题。

为什么弗兰克说他是英国人？

为什么简·霍尔特发元音像意大利人，而且，更过分的是，他为什么认识塞费里和白发女魔？

为什么朱迪斯的大衣是在斯洛文尼亚买的？

可能的答案是：

弗兰克有个美国姥爷。

简·霍尔特发音正常，但我的耳朵没听好，想成了意大利语的元音。他出去溜达的时候，在木屋旅馆可能是碰巧遇上了塞费里和白发女魔，而作为有礼貌的男士，他帮她们拎了从行李箱取出来的大包。

斯洛文尼亚的大衣牌子到处都有，哪里都买得到。

三个"英国人"不可能与我、与阿丽亚娜、与法特米拉有什么联系，也扯不上《魔眼》。这个制作公司完全是阿尔巴尼亚人的，没有合伙人。

但是，谢丽·塞费里和白发女魔玛格丽塔的出现又作何解释呢？

简·霍尔特走进来，依旧穿着大衣。我仔细观察他。他正脱去大衣，把大衣搭在一把椅子的椅背上，我发现他的大衣与朱迪斯那件不是同一个牌子，金属纽扣却与她的那件相同。

纽扣。

一样。

"弗兰克居然落了照相机。"简·霍尔特说，向橱柜走过去。

"还有圆珠笔，"法特米拉说，"还是相当贵的圆珠笔呢。"

我注视着二人，脑子由于热火朝天的运转都开了锅。

纽扣。

圆珠笔。

纽扣式摄像机和圆珠笔式摄像机。

被偷拍的部长。

我完全关闭了笔记本电脑，心里来回琢磨我上楼跟踪阿丽亚娜时，有没有哪个程序没有关。聊天工具，我关了。"记录"文档，我关了。只有些图标没有关上。

没问题。

我一副懒洋洋的样子，缓慢地起身，与他们道别。

"我想，午饭我就不和你们一起吃了，"我说，"今天早上，我吃多了。晚点再见。"

我匆匆迈步上楼，踮着脚尖走上楼梯，一口气进了屋。我打开笔记本电脑，在 Skype 里呼叫埃米尔，他没有应答。他的 Skype 已经关了。我不敢与他通电话、发短信和邮件。还有另外一个名为 Poivy 的软件，也是一种网络通信工具，我也没有连接，因为办公室里除了我，没有人安装。就在必须赶紧给事务所发去纽扣、圆珠笔和照相机的模样，让他们核实一下它们是否具备摄像功能的当口，我可能正处于不间断的监控之中。

不过，我确信这一切。

我根本找不出监视和跟踪我的逻辑线索，但是我完全确定北欧三人，无论他们是哪里人，都是冲我来的。或者说，是冲我此次使命的对象,那两个人来的。那是一种坚定不移的信念,来自于皮肤感受的那些直觉。即便一千个证据跳起来反驳,也无法令人为之动摇。我觉得我自己就是彻彻底底的白痴。他们说暴风雪里要去山上转转,我怎么没有一开始就产生怀疑呢?但是,我的"鬼律师"反对,那德国人为什么在这儿?难不成他们也是来监视你的?

德国人在风暴和雪崩天里还去爬高山,这令人生疑之外,他们并没有引起我的怀疑。我也得提防他们。但是,他们还没有回来,而简·霍尔特和朱迪斯却待在壁炉旁。可想而知,因为他们对这些运动没有丝毫经验。那么,弗兰克呢?很有可能弗兰克一离开我的视线便拐了回来,躲在房间里,看纽扣式摄像机拍摄的我丑陋的脸。

我刚想了没几秒钟,我的这一猜测就被证实了,因为就在遍布了间谍活动的那所房子笼罩着不真实的沉寂之际,我听到一扇门非常小心翼翼地一开一关。我迅速贴近猫眼,看见弗兰克轻轻地匆匆而过,没有发出声响。

我火速做出决定,跟着我的紧迫感走。我用力按下门把手,尽量让声音在上下楼里都听得到,我用很浓重的美国口音喊道:

"你好,弗兰克!"

他站在走廊头上,楼梯旁边,因情况突然,他差点掉下去。他转过头,吃惊地看着我,脸上虚惊一场的神色,他勉强回答:

"嗨,莉莉!"

我迈着猫步缓缓走过去,那步伐他肯定觉得像美洲狮的步子。

"弗兰克,你转完了?"我问他,天真地微笑,又加重了美国口音。

"哦,稍微转了转……"他说,"一小会儿。雪很大。等天好了吧。"

他一直傻笑,走下了楼梯。我伫立片刻,注视着他走下去,然后迅速回到了屋里。

外面的雪正在小下去,天就像冬天天黑下来那样,立马暗下来,更何况在那么个狭窄的山口上。我拉上厚厚的窗帘,打开电炉,让自己暖和一点,我又点了一支总是随身带着的香氛蜡烛,蜡烛固定在一个小小的印度陶瓷花瓶里。接着,我在USB上挑了我冥想时听的乐曲,克里斯蒂安·舒尔茨①的《蒙特祖梅》,后面还有一系列同一个作曲家的其他乐曲,最后是贝多芬的一曲《如歌的慢板》。我眼睛直盯着蜡烛颤抖的小火苗,盘腿坐在厚厚的地毯上,地毯铺满了光滑的木板地。

没有任何声响传来,没有一只脚犹豫地踩在木板上,没有一个疲惫的烤盘盖撞到金属上,没有一只孤单的鸟儿在嘶

---

① 克里斯蒂安·舒尔茨(1945—2011),人名原文有误,应为 Kristian Schultze,德国音乐家、作曲家。

鸣,没有一条无家可归的狗在咆哮,没有一头饥饿的狼在怒吼。

我冥想了一个半小时,直到感觉头脑清醒,浑身轻松。现在,对我必须做的事,接下来要采取的行动,我再清楚不过。我不再需要埃米尔舅舅,不需要妈妈的建议,也不需要证实纽扣式摄像机了。我调整好呼吸,站了起来。我熄灭蜡烛,关闭炉子,取消了乐曲,穿上衣服,准备下楼。我感觉自己像空气,身体轻飘飘的。我就像在木楼梯上跳跃的一只气球。我没有拿上我的小电脑,我不再装模作样了。

招待所所有的住户都坐在桌旁,甚至索科尔还在吃饭,他一天陪着他们出去"走",几乎没坐下来吃东西。他看上去很疲惫。只有法特米拉和她的女儿不在,应该是之前用过晚餐了。"三人"都禁不住看了看我,又迅速把头低垂到盘子上。阿丽亚娜给我腾了地方,因为只有她和弗兰克之间能加上一张椅子,我毫不迟疑地坐下去。穆巴丽梅在我面前摆上一盘汤,把沙拉、馅饼、肉递给我,还给我斟了一杯红葡萄酒。照相机黑洞洞的眼睛正一刻不停地在我对面监视着,而圆珠笔和带金属纽扣的大衣没有再派上用场。

我依次问候了大家,接着发起了进攻:

"上山的天气很糟糕啊,是不是,简·霍尔特?"

他嘟囔了一下。

"是,"他简短地说,"不适合上山。"

"特别是对你,朱迪斯……你们斯洛文尼亚的阿尔卑斯山和我们的差不多吧?"

"斯洛文尼亚?"她从正在品尝的红辣椒干酪上抬起眼,吃惊地看着我,目光里夹杂着疑惑。她又耸了耸肩,说:"我不了解斯洛文尼亚。我路过……只是……"

简·霍尔特动了一下身子,用肘抵了抵朱迪斯的腰,他的偷袭没逃过我的眼睛。

"哦,对不起,我以为你们是斯洛文尼亚人呢。"我接着说。

"斯洛文尼亚?"德国人说,"我也在那里工作过……"接着,他说起一个冗长的故事,添上了令人发笑的趣闻逸事,缓解了我与三人之间造成的紧张气氛。简·霍尔特、朱迪斯和弗兰克或许以为他们解脱了,都附和着德国人,开始讲述那些有趣的故事。

"穆巴丽梅,"我说,站起来,走向立于简·霍尔特和朱迪斯身后的橱柜,"我能要一杯水吗?"在伸出手从橱柜上取杯子的时候,我把餐巾甩在了照相机上。见鬼去吧,我想,又坐回到阿丽亚娜身边。弗兰克看到了餐巾,但他卡在我和索科尔中间,根本站不起来。显然,在楼梯上接受了我的美语问候之后,他似乎已经决定宣布停火。

趁大家都在对特伦达菲丽娅表示好奇,惊叹她按普里兹伦菜谱做出的甜点、糖浆的滋味美妙绝伦时,我寻机转向了阿丽亚娜。我低声对她说话,脸上却带着微笑,仿佛也在赞赏这家媳妇做的果酱饼:"阿丽亚娜,今晚我到您的房间去。

我必须对您说些重要的事情。您有很大的危险。请您装作我们正在谈论果仁甜饼,别疑惑地看着我。这里的这些英国人既不是英国人,也不是游客。我十一点一刻过去。请您留门。"

我迅速说完,尽力不让她感到害怕。沙拉、肉、干酪、辣椒、果酱、糖浆、馅饼、叉子、勺、刀、面包和肉糊、橱柜、餐巾、德国人通红的脸、英国人正在盘算的虚伪的脸、二十四小时周到服务的穆巴丽梅和特伦达菲丽娅好似听得懂英语聒噪的脸、索科尔憔悴而正经的脸——所有的这一切被吸入了一个想象的空管中,在我的胸中融化。

"哦,"阿丽亚娜回答,她进入了角色,一直笑着品尝叉子上的甜点,"我为什么必须相信你?"

"因为您丈夫阿图尔派我来的,他正在寻找您。但是,他不知道您有危险的事。一切都是今天下午我才发现的。橱柜上的机器是摄像机。如果您不相信我,"我接着说,瞪大了眼睛,好像咬一下入口的美妙甜点,我就会晕过去那样,"您想要帮助法特米拉,您是为她才来到这里的,可能落入一个陷阱,一个比她至今落入的严重许多的陷阱。"

阿丽亚娜的笑冻住了,在十分之一秒的瞬间,她严肃地看了我一下。在那如闪电迅速划过天际的目光中,我明白她已接收到了讯息。接着,她擦了擦嘴,高声地说她还要一块三角糕和一杯樱桃甜酒,还祝贺了特伦达菲丽娅。

她吃了确实好吃却也是热量炸弹的甜点,喝了甜酒,与

153

全桌的人道了晚安，没有看我一眼，就走出了屋子。

不久，索科尔离开，随后，弗兰克没说晚安，嘴里嘀嘀咕咕着什么也走了。

"弗兰克，你忘了拿机器。"我毫无怜悯之心地提醒他。

"你拿上，简·霍尔特。"他对同伴说完，走了。

简·霍尔特朝我一笑。

"晚餐不错，乔瓦尼。"我用意大利语说。

他装作听不懂，似乎我并不在和他说话，但是我的观察力已经敏锐了好多倍，在半空中就捕捉到了他眼神中一秒钟的惊慌失措。

"我要去睡了。"朱迪斯说，揉了揉眼睛，但是她没忘取下餐巾纸，拿上机器。又圆又黑的镜头有一刻正对着我，我大大方方地摆了个姿势，肘抵着桌了，下巴靠在手上，笑了笑。简·霍尔特跟着朱迪斯走出去，晃了晃脑袋表示晚安。

我也走了，一点没帮穆巴丽梅和特伦达菲丽娅收拾厨房，这让我感到内疚。我没有任何义务去打扫和洗涮——我是来付钱享受服务的——但是，穆巴丽梅营造出的温馨气氛，令人感觉自己是那个家的一员。

与阿丽亚娜密谈的艰巨任务等着我呢。我能够说服她跟我走吗？

我打开Skype，终于极小声地与埃米尔通上了话。

"此刻你就派出一辆车，"我对他说，"车子往库克斯开，出科索沃，再走贾科沃下来，进入巴依拉姆楚里，来瓦尔博纳这儿接我。"

我在脑子里盘算,如果车子夜里十一点出发,要是边境海关还开着,顺利过境没问题,那天不亮车子就会到穆巴丽梅家门前。我办公室的同事穆罕默德·哈吉伊梅尔,会给我二号手机发信息,那个手机我没登记在自己名下,写的是我所住大楼楼道清洁工的名字。他会写上:我到奥赫里德①了。

因为我一口气说下来,还告诉埃米尔舅舅我只有一分钟时间,而且事发突然,形势千钧一发,所以他并没有问我什么问题。他默不作声,我感觉到他的呼吸变得沉重——我们没有打开摄像头——最后他说:

"好的。德林十分钟后出发,去奥赫里德。"——翻译一下就是:穆罕默德十分钟后出发,去瓦尔博纳。

我关闭了 Skype,在通信录上我没有输入过任何名字,我把舅舅的地址也删了,那地址我已经记住了。我熄灭了屋里的电灯,拉上厚厚的窗帘,看到手机小屏幕上的时间是十点半。我有一个小时准备。我把包收拾好,穿好出门的衣服,只留下大衣、手套和靴子稍后再说。所有这些事情都搞定后,我才拉开窗帘,扫视了几眼窗外。雪已经停了有一会儿,天空放晴,云飘散在空中。那天夜里,本该是一轮满月,月亮却从云的后面透射出来,等云都四散奔逃,它好独占天空。请等一下,我暗暗祈求,再等一下。

---

① 北马其顿西南部城市,在奥赫里德湖畔。

我看到穆巴丽梅提着一个黑色的大塑料袋穿过院子,把它放在一个木棚旁边。她把垃圾丢在那里,第二天会有车子来取。现在,她也可以休息一下了,凌晨五点她得起床烤面包,开始干其他的活。

扔垃圾袋的穆巴丽梅转身回屋,我看到另一个人影的时候,眼睛还一直盯着她。毫无疑问,那是简·霍尔特,他与穆巴丽梅打了招呼——他肯定对她说,他喜欢夜里溜达溜达,而她定然丝毫不会惊讶"这些英国人"的举动。穆巴丽梅进了屋,他一边在院子里游荡,一边端详着天空。我没有从窗前撤回来,相反打开了床头灯,靠在窗玻璃上,以便他看得见我,却搞不明白我已经穿好了衣服准备出门。他,刚听不到穆巴丽梅的脚步声,便抬起了头,看到了我。他显得略有些吃惊,更何况我还冲他挥了挥手,和他打招呼。简·霍尔特低下头,走回来,进了屋。

我离开了窗边,关上灯,把耳朵紧贴在门上。现在我已经很熟悉的简·霍尔特的脚步声从一楼的前厅传来,他上了楼梯,穿过走廊。我知道他的房间在走廊的尽头。我听到钥匙在锁眼里转动,门开了,又关上,钥匙又在锁眼里转动起来。我贴着门又站了几分钟,才小心按下门把手,出了门,悄无声息地把门关上,就像多年前我在阿斯德里特舅舅的课上学过的那样,不被察觉地迈步走向阿丽亚娜的房间。

她已经留好了门,我闪进去,带上门,没有发出响声。房间与我的一模一样,同样的床头灯,同样坏了一根炉丝的电炉，同样的床，上面是白色的绵羊毛毯。她坐在床上等我，还穿着晚餐时我看到的衣服。

我把手指放在唇上，示意她不要说话，挨着她坐到床上。

"五小时后，我事务所的一辆车过来，"我低声对她说，"要是您信得过我，您就跟我走。我们还得带上法特米拉。"

"您是什么人？"她同样低声地问道。她严肃、冷静，不大相信，仅此而已。一道月光突然落在她的脸上，看来月亮已经露出了云层，我注意到她额间的皱纹像个麻烦的问号。

"我叫莉莉安娜·杜卡，"我回答，"我在一家私人调查机构做事。您的丈夫阿图尔雇我来找您。我循着踪迹，找到了您。要在正常情况下，我们不会这么黑灯瞎火地低声说话，而应该在壁炉旁，吃着馅饼，就着辣椒干酪。"

"那些英国人是谁？"她问。

"我不知道，"我回答，"我还没查出来，但那只是时间问题。谁会更着急呢？今天早上，我在木屋旅馆看到了他们，正在和谢丽·塞费里和那个白发女魔说话。"

月光下，她显露出了惊异与慌乱。

"谢丽·塞费里在这里？"

"在木屋旅馆。她跟踪我，因为我来的时候，在渡轮上也看到了她。"

阿丽亚娜站起身，来到窗前。从我坐着的床上望去，我看见天穹一片晴朗，月亮在天空中闪着光亮。我想象着在月光下河水如同汩汩作响的水晶波光粼粼，山崖、云杉和松树泛着白，覆盖着雪的房舍就像儿时图画里月色下的那些房屋闪闪发亮。

她转身，背对着窗户。

"您对我解释你们这些事实吧，好让我多少相信些。"

我想了一下。

"我没有太多时间说服您。这还只是信不信的问题，凭的都是感受和直觉。您待在这里是出于对法特米拉的负疚感——这并不是您的过错，而是您丈夫的。您期盼——神才懂得怎么——去帮助她。"

她直直地望着我——黑暗中，我感受到了她的目光。我在等待她反驳，她没有，于是我接着说：

"我脑子里有个主意，您丈夫如何能够迫使部长找到一个解决办法，把法特米拉从贪污案件中摘出来。但是，现在并非我向您解释这些的时机和场合。我仅仅向您提出这个建议：等几个小时后，我办公室的车子一到，您和法特米拉，你们跟我走。我们将一起出科索沃，不回地拉那，我们可以在科索沃的一个城市停留下来，在那里我们可以思考，您做出你们自己的决定。不然，你们就会成为白发女魔玛格丽塔的摄像机和谢丽·塞费里的笔逮到的猎物，她们会把您堂吉诃德式的遮掩公之于众。所有人都会输。也许，法特米拉会比其他任何人都更惨，因为在这件事情上，她是最脆弱的人。这里面最坚强的人是穆巴丽梅。"

但是，阿丽亚娜有些固执。我想起了阿图尔·拉多瓦尼以及他的僵局。

"我怎么相信您，谢丽·塞费里人在瓦尔博纳呢？"

"您给穆巴丽梅在旅馆工作的两个儿子打电话。问问他们是不是有一个穿红大衣的瘦小女人和一个头发像个疯婆的女人过来住宿。您告诉他，那个女记者还上过《魔眼》，开着绿轿车。"

阿丽亚娜离开了窗前，拿起手机。

"我可以给穆巴丽梅的小儿子科拉比发个短信，他晚上值夜。"她犹豫地说，但我明白，我的坚决和确定已经多少击破了她犹疑的护甲。

我思索了一下：我们发条短信可能有危险。

"用我的匿名手机来发吧，写上你是谁。"因为谈话变得有点累，还很紧张，我并没意识到滑出一个"你"来。她同意了，用了我的二号电话。

"我按您说的给他发了。"

她把手机还给我，坐到椅子上，等待答复。月光吞没了房间，我们就像两个被等待逼迫的佝偻小鬼。

丁零！科拉比回复了。对，她在这里。昨天来的。她旁边的那位更丑！她已经睡了。

阿丽亚娜忍不住笑了笑。我也笑了，踏实下来的月亮用一小片云遮住了脸。

"我跟你走，"阿丽亚娜说，"那法特米拉呢？"

"你穿好衣服出来。简单地拿上东西。悄悄叫醒穆巴丽梅和法特米拉,把你想的告诉她,但你们得在房间里等我,直到我给你的电话发短信。我们交换一下号码。"

我们交换了号码。

"我什么都不给你写,你收到从我的电话发出的一个空白短信就行。到时候你们俩就出来,我会在路边的车子里等你们。"

低语声,进进出出房间的月亮,狗发出的哀号,饿狼远远传来的怒吼,也许在天边轮廓分明的山石顶上,被惊醒的鸟莫名其妙地哗啦一声,大雪压弯的枝条噼啪作响,圆圆的从屋顶落下的水滴声。突然,所有这些声响大作,好似打开了夜晚音响盒的盖子,让我再次以为自己正身处一个虚幻的世界,这一回可是黑夜,不是白天。

我回到自己的房间,相信没有人听到我的声音,便躺在了床上。我打开 Skype,舅舅还在等我。

"出发了。"他写道。

"阿丽亚娜和法特米拉将跟我一起走。"我写道。

"你们在普里兹伦落脚,去高中校长那儿,他是我的朋友。他接待你们。"

"到那里我们再决定。"我对他写道。

"你们到那里时,我们联系一下。"他写道。

"查一下三个所谓的北欧人,"我写道,"简·霍尔特、弗兰克·艾什沃斯、朱迪斯·克兰特。全是假名。我想简·

霍尔特是意大利人，朱迪斯是斯洛文尼亚人，弗兰克是美国人。"

"明天吧，"他回答，"你们出门时小心。"

我不时走到窗前，观察院子和目之所及的整个视野。糟糕，皓月当空，月光亮了几百倍。前一夜，有那场暴风雪，天又那么暗，是我们逃跑的绝佳天气，但这就是所谓的无法万事顺心。

凌晨四点整，穆罕默德的短信来了：我到奥赫里德了。在岸边。一如既往，穆罕默德写东西常有拼写错误，多加字母ё。

我给阿丽亚娜的号码发了个空白短信，穿上鞋，戴上手套，把帽子套在头上，抓起包走出去，还是没弄出哪怕最轻微的声响。我走下楼，楼梯该死地吱吱呀呀。我敲了穆巴丽梅的门，门立马开了。穆巴丽梅头上没有包头巾，我突然觉得她很美。阿丽亚娜在她身后走出来，后面还跟着法特米拉。

按照索科尔给我的报价，我把两晚住宿和用餐的钱递给穆巴丽梅，拥抱了她。

"我会照顾好法特米拉的，"我在她耳边说，"我保证。"

穆巴丽梅把我紧紧搂在她胖实的胸前。

"从一开始，我就知道你来这里是为了别的事，但那不是坏事，"她说，"都看你的了。你们去吧！上帝保佑你们！"

我们用最快的速度穿过院子，来到机动车道上。穆罕默德就在那里,车子关着大灯,像怒海里的救生船。那一刻,我狂爱常在办公室诽谤我的穆罕默德。

两个女人坐到了后排座位上,我坐在前面,挨着他。

"出发,穆罕默德,"我招呼也不打,直接对他说,"快点!"

我们四十五分钟后抵达边境,在工作人员惺忪的眼神下一点没操心地过了关。他们几乎看都不看我们的脸,就在我们的护照上盖了戳,我们一个字也没说,一脚油门就到了普里兹伦。

我们叩响了高中校长家的门,被让进了他家里,我并不知道我舅舅和他都说了什么。那是一所八十年代东方风格的大房子,四面围着高墙,有数不清的房间。当我看到他深邃、宁静、善解人意的目光和我要休息的房间时,我再度以为虚幻世界是真真切切存在的,而这一回色彩上多了他湛蓝的眼睛,柔软的靠垫和靠着墙舒适的绣花沙发椅,放着白色和红色的长毛毯。

我给埃米尔舅舅发了一条完工的短信:我们在迪博拉你朋友的家中。一切安然无恙,世界仍在安眠。追踪乔瓦尼,他是我的眼中钉。

第六章　阿丽亚娜

在高中校长的家里,我们住了三天三夜,没有人想到我们藏在那里。普里兹伦,这座让人惬意的城市,有着古旧的房屋,宽阔的街道,树木茂密,流水穿城而过,桥梁连接着城市的两部分。这一切让我立马喜欢上了它。也许是因为,在那里我脱离了最近几天、最近几个小时的紧张;也许是因为,从根本上说,我的使命基本完成了:我已经找到了阿丽亚娜,甚至还有法特米拉。她们就在我身边。校长夫人把她们安排在一个有两张床的大房间里,给她们热了洗澡水,里面一个烧柴的大炉子呼呼作响,她们洗了澡,浑身舒畅极了;她还给她们准备了毛披肩,让她们搭在胳膊上。我也被安排在一个看得见河的房间,河畔的山坡上矗立着中世纪的房屋。房屋上方笼罩着一片灰色的天空,却并不像即将有暴风雪而带着挑衅。我不久前还置身于阿尔卑斯山的深谷,就喜欢上欣赏平野与天空的开阔。

我向埃米尔舅舅提出了我的计划,我们一直通过 Skype 聊天,在做出下一步的决定前,在我们弄清楚为什么谢丽·塞费里、玛格丽塔和三个"英国人"跟踪我们去了瓦尔博纳之前,我和阿丽亚娜哪里也不会去。在 Skype 聊天中,我向阿图尔·拉多瓦尼也提出了我的计划,等那天早上他们在事务所见了面,详细的情况舅舅会口头给他解释。阿图尔·拉多瓦尼原则上同意了。夜里,穆罕默德·哈吉伊梅尔将再次上路,带走法特米拉,把她安置在一个"基地"。在处理事情的时候,我们常常把有麻烦的人安置在受保护的房子里,埃米尔称之为"基地"。法特米拉稍后应该去地拉那,间接地协助实现我的计划,她本人也觉得这个计划是最妥当、最有希望的。

九点晚餐时分,我的同事穆罕默德来了,他对我说,他看到谢丽·塞费里的绿轿车上午在普里兹伦的马路上溜达,后面跟着索科尔的红色面包车。穆罕默德戴上假发和眼镜做伪装,开着高中校长科索沃牌照的车跟踪他们,没有让他们发现。要知道,穆罕默德十年来一直是光头,他乐意接受需要他戴上假发的任何乔装改扮。我深信他兴高采烈地在街上转悠,炫耀他的假发,但我担心他太在意新扮相,而忘了任务是什么。

可是,穆罕默德是个老手。他,还有埃米尔舅舅,都是不会失手的人。穆罕默德如此装扮一番,跟着他们,"嫌疑人"根本没有发觉地在普里兹伦一通乱窜。他就坐在他们十二点半午餐时的饭店里,吃着据他说未曾开过眼的烤肉,还用手机拍下了谢丽·塞费里、白发女魔玛格丽塔与简·霍尔特交头接耳的情景,他走上前去,近得几乎大衣衣角都碰到了他们,录下来一小段他们之间的意大利语交谈!他恰好抓到了"今晚，当我们到达地拉那时"和"这里没有痕迹……"的字眼。他看见他们起身，又上了车。简·霍尔特——看来他是团伙的头目——这一回他坐在塞费里旁边的位子上。白发女魔玛格丽塔坐在后排座位上。穆罕默德紧紧跟着往库克斯方向驶去的这两辆车。他一直跟踪到边境，等到他们护照盖了戳，过了检查站，他才跟过去。他开得要慢些，又跟在他们后面走了三十多公里，直到确定他们现在的目的地确实就是地拉那才返回。

法特米拉准备好了，她过来与我道别。

"莉莉，"她说，"我不知道事情会如何发展，但我永远不会忘记你现在为我做的这些。"

我摇了摇头，我的双手紧握住她的手。

"现在我什么也做不了，"我回答，"你再等等，让我们看看，以后再谢我不迟。"

她专注地看了看我，转向阿丽亚娜。

我拍了拍她的肩，走出了房间。我知道在分别的时刻，她们更愿意两个人待着。我的余光看到她们紧紧地拥抱在一起，默默地伫立了片刻。接着，法特米拉松了手，擦了擦泪，向车子走去，穆罕默德在车里等她。

我和阿丽亚娜走出院子。夜晚极其寒冷，库克斯的高速公路上结了冰，但是我对穆罕默德很放心。不过，我嘱咐他慢慢开，等到了莱什"基地"，给我发信息。

我和阿丽亚娜回到屋里，坐在壁炉旁，喝着女主人准备好的茶。我们都盯着电话，等着短信声。打盹，又醒来，喝茶，又打起瞌睡。直到几个小时后，我们等待的消息传来：我们到斯库台了，到家了。这是说：我们安全抵达莱什，我把法特米拉安顿在"基地"了。

于是，我们好好睡了一觉，没有做梦。大约中午，轰隆一声响雷，接着又是汽车喇叭声和路上白天的其他喧嚣，我们才被吵醒。我睁开眼睛，花了好几秒钟才确认自己是在那个相当不熟悉的空间里，做工考究的木天花板下，悬着一个红铜大吊灯，有八个灯泡。我还裹着毛毯，壁炉里的火堆已经只剩下灰烬。阿丽亚娜不在对面的沙发床上，但是我看见一张椅子上放着她的手包。楼道的卫生间里传来淋浴声。

我站起来，扫视了几眼窗外，等着简·霍尔特的头朝我探出来。我没有看到他的头，眼前是一个有围墙的院子，院里又老又高的棕色树木已经落光了树叶，在雨里瑟瑟发抖，树上没有叶子的枝干间还有喜鹊窝。我看见高中校长正穿过庭院，他穿着黑色的大衣，黑色的鞋，撑着把大伞，也是黑色的。

在我们所住的房子里，我们各个房间随意转悠，读读书，躺躺靠墙柔软的绣花沙发椅，看看电视，吃吃给我们送来的各种美味佳肴。校长和他的夫人还有一所房子，有同样大的院子。他们住在那边，午餐和晚餐时过来见我们，陪我们吃饭。

那三天三夜，我们是在漫长而艰难的讲述、解释和彼此的了解中度过的，我几乎忘记了我作为侦探的身份，而变成了她的朋友。外面还下着一点雪，后来不时下点雨，刮点风，干枯的树枝敲打着窗户，夜夜传来远山的回音，是过了河谷，还留在边境那边的声响。有时候，我在想，我是应该回到我的现实中，还是继续留在这虚幻之地，周围都是热烘烘的炉火，暖乎乎的人们，在讲述之中，敞开了心扉，浮现出爱的伤痛。夜里，我们待到很晚，雨丝已经变成了路灯的颜色，它们的倒影落在她与我的脸上。

我们不去触及她是否应该回家的问题。我和阿图尔在Skype上来回通信，他在采纳了我的建议后，因为不必为阿丽亚娜担忧，便遵照我的指点行事。他们还没有彼此交流过，但我知道这只是时间问题。

接下来，我要把阿丽亚娜的陈述和盘托出，同时为读者省去多余的谈话，开场，含义，起始，为难，中断，震惊，流泪，羞怯，思想的交织，对过去的追溯，还有对未来的期待、猜测、疑问，诸如要么我做错了，要么我不对，要么你怎么看，等等。这些帮我组合出她所经历的一个完整而条理清晰的画面。

阿丽亚娜叙说起来绘声绘色，辞藻丰富，而且思想深刻；词语的挑选，表达的繁复，意图、景象、思绪和精神状态的传达，同义词、打比方和其他的语言表达手法的运用，她都是专业的，因此我更倾向于把她如何表达的，而非我如何概括的告诉你们。这样，或许你们将更好地感受从湖畔的步道上与根特·拉迪相遇的那天，以及后来所发生的一切中，她都体会到了什么。

第七章　这本书最后的陈述

无论对我，还是对阿图尔，一切都是由我在湖边遇上根特的那天开始的。那是一个秋日的下午，那时我的脑子里只涌动着温柔愉快的思绪，一种我根本无从确定缘由的愉悦——它仅在我的心中而已。我不想去知道为什么。我走在树下，我呼吸着潮湿的泥土和变黄的落叶的香气，我注视着水的倒影和紫灰色的天空，就是愉悦，愉悦的这些时刻，任何人都根本无法拿走，它们只属于我。

根特·拉迪，一如既往，他夺走了我的愉悦。

他来自一个被遗忘的、不存在的世界，突然无端地出现在我面前，好比一艘穿越宇宙航行了无数光年的隐形太空飞船，带着他降临到地面上。在我眼前的他，鬓发好几处都白了，肩膀微弯。他向来不正经打招呼，招呼的时候多用眼神，而不是动嘴，他那种迎合、挑逗和深情的目光，带着只有我们两人懂得的意味深长的微笑，虽然自从我们彼此说再见已经过去二十年了，虽然我没有唤回昔日的你和我，但我们永远是那个你和我。因为我没有感觉到那个你和我，我也不希望他感觉到，而且我知道他也没有感觉到。诱惑属于他的天性，那种没有人能够抗拒的天性。他将与之共存亡，在坟墓里他还要诱惑死人的。

不过,不知不觉,也说不上缘故,我心里乱糟糟的,阿图尔注意到了我的不安。当我对他说"一个无关紧要的人"时,他并不相信,我对他说的是实话。根特·拉迪对我不再代表着什么,他已经没有了重要性。或者,他曾经是挺重要的,那重要性与苦涩的回忆、痛苦、屈辱和苦难有关,我已经把它们都封存在记忆中一个毫无价值的角落里,遗忘它们,蔑视它们。

但是,我们的头脑是自然给我们制造的最为复杂的陷阱。它并非一直归属于理性,任何时候都可以理论一番。它有科学尚未认识和发现的区域,我们说到头脑的时候,我们通常指的是物理属性的脑子。脑子是科学家并未完全弄明白的部分。而按照我们的想法——头脑就仅是连接着脑子吗?还是也关联着它非物质的其他部分?与一离开脑子里的数百万条神经纤维便飞上天空的思想,与并不晓得身在何处的精神上的苦痛,与愉悦、与感受、与想象、与激动……有关联吗?还有我们的灵魂在哪里?在我们体内或体外,还是到处都有?

我的头脑里的什么感受、什么念头在四处游荡,不听指挥,意识里的什么蓝色火苗不服从命令,飞起来,碰上了或许昼夜在我的四周打转、徘徊的他的火苗?因为,我们在湖边的小路上遇见之后,我只固执地有个挥之不去的想法:我要去见他。

那并不是对他的思念，并不是昔日的爱情，也不是得以复活的扭曲的情感。只是好奇。忽然，我希望知道后来他都经历了什么，我想了解他如今的生活，他现在是怎样的人。在二十年后，我感觉自己有了完全的信心，可以平和冷静地看待过去让我那般痛苦的事情，不带感情和偏见地去弄清楚原因。

那时，我关上了一扇沉重的铁百叶窗，把与根特有关的一切都锁在里面。我想要忘记他，不想再听到任何与他有关的事，我的生活何时何地都不再与他有交集。我办到了。然而，从太空飞船把他送到我面前的那一刻起，他朝我微笑，就像一周前我们口角过后的和解，在我头脑里那些灰暗的区域，有一片亮了起来：在沉重的铁百叶窗下，上锁的地下室里，仍旧有活着的东西。它们浑浑噩噩，迷迷糊糊，却一直都在那里。

从那天起，我一直在焦急的等待之中。我知道他会来找我，他会找到我。我明白他看我的眼神、他问候我的方式、他对我的微笑。在他的内心，也和我一样，经历了同一个过程。

一周之后，整整一周之后，我的手机响了。

我看到了陌生的号码，明白那就是他。

"阿丽亚娜，我是根特。"他说，他熟悉而深沉的声音，暗蓝的色调，一下就把我带回了那段已经遗忘和封存的岁月，它正从满是灰尘、锈迹斑斑的百叶窗下滑落出来。

我沉默了一下。我听到了他的呼吸。

"我想要见你一面，"他接着说，"一小时、半小时、十分钟，你来定。在酒吧、在餐馆、在公交车站、在出租汽车上……你想在哪里就在哪里。"

"明天下午吧。"我说。

他没有想到我立马给出了答复。

"在哪里？"他顿了片刻才问，尽量遮掩住慌乱。

"阿夫尼·鲁斯泰米广场，斯特凡中心。"

"什么时候？"

"七点。"

"十九点整，整点吗？"

"对。"

"我在那里等你。"

他挂断了电话，我随后按下了红色键。我来到窗前，注视在昔日的布洛克区庄严的树下人行道上来往的人。我们说起话来，就像两人之间并没有横亘着二十年不可估量的荒漠。两分钟内重现了当年我们在一起时把我们俘虏的那种氛围，那是交流起来意味深长、满是诱人而温暖感受的氛围。他挂断了电话，但我的感觉并没有消失。这感觉与二十年前一样强烈，当时他给我打电话，我一整个下午都在颤抖，直到在阿夫尼·鲁斯泰米广场见到他，那里还没有名为斯特凡中心的餐吧。想去见他的一种不符合逻辑的愿望，违背了理性，却因好奇而越发强烈。

第二天晚上，七点过两分，我到了阿夫尼·鲁斯泰米广场。那里附近市场的摊点上，飘来水果、蔬菜、干酪、橄榄和各式各样腌菜的味道。在高楼大厦顶上，五颜六色的广告灯箱间或闪烁着。汽车、面包车、摩托车驶过，在广场左侧的停车场上已经聚集了一些人，听不清他们为何在高声议论，三十年代的旧楼，前面立着冠似圆顶的松树，如今已被国家银行总部临时租用，似乎在那市场林立、混杂了各种腌菜味的地方，它倒成了有附加值的东西。

他在一棵大松树下，倚着国家银行租用的大楼的铁栅栏等候我。他有点驼背，与二十年前我来与他约会时一模一样。他运动外套的衣领在脖子上立着。远远望去，他似乎没有丝毫的改变，似乎没有一天的光阴流逝过，因为现在我会向他走过去，我们会默默地并肩而行，会钻进某个没有灯光的小路，在那里热切地相拥。

当他看到我向他走来，微微一笑。我也微微一笑。他把手从口袋里掏出来，交叉在胸前。

"晚上好，根特。"我说。

"我不喜欢斯特凡中心，"他说，那种我们昨天才分开的感觉又来了，"里面都是美国牧师，他们吃三明治和果酱可丽饼。那里可能只能喝啤酒。"

我环顾四周。

"你有什么建议？"

"这里，我们对面。这家餐吧有好葡萄酒。我们去喝一杯？"

我轻轻一笑，他跳上人行道时，我跟了上去。他推开了一家名为"葡萄酒吧"的小餐馆的门，里面摆着原木桌，上面放着葡萄酒壶，还提供奶酪、火腿和沙拉。屋里灯光昏暗，播放着爵士乐。每一张桌子上，蜡烛被放在五颜六色的玻璃小杯里，烛光都在摇曳。

根特在我身边坐下，脱去大衣，招来了服务员。

"我们不点菜，"他说，"因为我们没工夫。我们得把二十年压缩到两个小时，或者一个半小时？"

"一个半小时。"

他比我想象的老了很多。一从近处端详他，我"如同昨日"的感觉就立刻消失了。他眼睛底下已经添了鼓鼓的眼袋，脸上都是皱纹，还坑坑洼洼的。他已经发胖，有了肚子，双手的皮肤上满是斑。我觉出他是得了某种病。他已经是个陌生人了。

"你很漂亮，"他低声说，"比那时候漂亮多了。"

"所以你那时候不喜欢我？因为我不漂亮？"

"在我认识的所有姑娘中，你最漂亮。"

我们都笑了。亲近的感觉又回来了。我们俩根本没法顺畅地说话，我们的目光在躲闪，同时焦虑地掐着时间。

"你听见了吗？"他问道，一边把头转向柜台，那边的服务员在电脑上安排着乐曲，"约翰·列侬①，《想象》，我们

---

① 英国歌手，摇滚乐队"披头士"成员。

的歌。巧合吧?"

"也许,"我又笑了。我干笑着,有点恼自己,因为我不知道如何是好。

他举起了杯子。

"为我们的碰面喝一下?"

我点头表示同意,与他碰了杯。

我们泛泛地聊了几句后,又喝过了半杯酒,才多少放松了些。

他对我说,他有一个女儿,不幸的是,她生病了。他告诉我寻医问药的种种,还问起了我的儿子。

"我们的孩子差不多同龄。"他说,脸上浮现出一种非常熟悉的忧郁神情,但是,这一回我不知道为什么,我相信他的确动情了。当年,在过去,我不相信他能够感受到痛苦或愉悦,哪怕是最轻微的那种。

忽然,我觉得他的眼里充满了泪水,但是,他垂下眼皮,不想让我看出他的脆弱。他伸出手,抓住了我的手。他温柔地摩挲着我的手背,又慢慢撤了回去。这是我没有想到的一次接触,它没有让我想到颤抖或者欲望,而是一种新东西,类似于怜爱和信任。现在,我想尽力去回忆的正是这一点。我觉得,在那一刻,他想传递给我一种亲近感,令人痛心又充满信任。

"那时我们痛苦地分了手。"他突然说,看着我,竭力把情感隐藏起来。

"因为……"我说下去。

"不要……"他打断了我,"你什么也别说。一切都是我的错。不需要任何解释……我一直在关注你……我知道你的每件事……我崇拜你,我远远地欣赏你……"

我盯着盘子,没有言语。我没想到说着说着拐到了这上面来,我并不是来听迟来的爱情表白的。我过来是一时兴起,是一种感怀,也许,还有一点好奇,我决定来见他时,最初想到的不过如此。

他立刻明白了,喝了一点葡萄酒,吃了一小块火腿,又靠在座椅粗糙的小椅背上。他的灰眼睛上下打量着我的脸,我感觉它们想要给我爱的温暖,而我不再感到厌恶。

"我曾经疯狂地想要见到你,"他说,"每日每夜,每周,每月,每年,我都想见你……我不知道为什么如此……"

"根特,"我对他说,"我也想要见到你。因为,过去这么久了,我相信我们能够抛弃昔日痛苦的负担见一见面,就像两个朋友,有时候。现在,我们就是截然不同的两个人。"

"是的,"他说,"我们成了截然不同的人。你往前进了,而我的生活在往下走。"

我想对他说,当年生活曾经对他极其慷慨,对我却非常难以承受,但是我没有说出来。我们喝完了葡萄酒,又讲了讲我们日常的工作,聊了会儿他已经完全脱离的政治,最后,我们瞅见了时间。

"一个半小时过去了。"他说,哀伤地微微一笑。

"是的,"我说,"我们得走了。"

走去停车场的那段路,我们的嗓子都噎住了,像是在走人生的最后几米。似乎那五十步之后,意味着梦想终结的大门将要永远关上,奇怪的是我并不遗憾,而另一件事令人惊奇,我感觉嗓子噎住了,让我说不出话来,我害怕泪水就要喷涌出来。

他把我送到了我停放汽车的停车场,手臂搭在打开的车门上。

"阿丽亚娜,"他声音低沉地说,我抬起头,望着他,"人生永远无法预知。不晓得我们是否能像你刚才说的,还会再见或者偶尔见个面。"

我耸了耸肩,透过一片湿漉漉的眼帘朝他微微一笑。也许。偶尔一见。

"那好吧,"他接着说,"要出什么事,我们不得而知。"

"我们希望我们什么事也不要出。"我说,还是朝他太过阴郁的脸笑了笑。他的额上闪过一个年轻的人影,让我回忆起我们久久的散步,我们心醉的夜晚,我们的海滩有踩过的沙和映红的海,无尽的长夜我们打起电话没完没了。

"你认真听我说,要是你出了什么事,我会照顾你的儿子,要是我出了什么事,请你关照我的女儿。"

我往后退了一下,不太明白他在说什么。

"哦,"我对他说,"不,根特,但愿我们什么事也没有,但是我绝不会要求你许这个承诺。我的儿子有父亲,有爷爷奶奶……不需要……"

他轻轻地摸了一下我的头发。

"我随便说的,"他说,带着一丝狡黠地甜甜一笑,"我总是胡说八道。在这样的分别时刻,我伤感了。因为我知道我再也见不到你了。"

"人生不可预知,你自己说的,"我一边低声回答,一边抑制我不愿意陷入的悲痛,"晚安,根特!"

他没有说话,又轻轻地摸了摸我的头发,往后一让。他一直等我坐进车里,关上车门,发动汽车。我拉下侧窗玻璃。他挥手示意再见。我也挥了挥左手,然后往相反的方向打方向盘。从后视镜里,我看到他一动不动地站在马路牙子上,大衣的领子立着,手插在口袋里,及至车子绕过广场强制绕行的转盘,驶入了宽阔的马路。

我往家开去,有点莫名其妙的动情。好奇心已经消失,已经满足。我笃定我不想再见到他了。他的世界与我的太不相同。我不知道和他说些什么才好,他已是个陌生人,走着一条与我完全不同的人生路;我们没有共同的朋友,共同的家人,也没有共同的工作利益,哪怕一个共同的日常供我们去热议……我不再了解他的世界观,我也不了解他怎么看我的世界观,那是他已不再了解的世界观。

不过,我有一种令人悲痛的牵挂挥之不去。那不是因为他,而是因为一切已经流逝的青春岁月,所有那些我们曾经为未来勾勒的想法、希望和念头,我们吮吸过的那种别样的空气，对他的爱给我自身造成的痛楚与苦难……我追忆的是那个年代，而不是根特。我看着如今的我自己，我并不喜欢。那并不是我曾经设想过的样子。二十年前，我与根特的分手，是彻底远离与我的观点相悖的一切，我的观点是应该按照我的方式去生活。然而，现在我过着自己当年并不想过的生活，当时因为原则问题，我痛苦地离开了根特。它就像一个悖论，因为与根特·拉迪后来的这次见面迫使我注意观察我周遭发生的一切，我好像在大睡一觉后睁开了眼睛。于是，与我的青春遭遇，让我又回到了我无法容忍在良知上妥协的年代。

对自己的这一感触与判断，让我渐渐疏远了阿图尔，疏离了我和他的世界，多年来我习以为常并喜爱的安稳世界……但是，我是哪一天脱离了自己真实的生活，进入蒂兹达尔一家的生活的，那一刻是怎么到来的？我都走了哪一条路？当我看到屏幕上我丈夫就在白发女魔玛格丽塔身旁，看着她逐一击倒众人时愉快地微笑，我经历了什么改变，变得无动于衷呢？

我不知道，我意识里的这些遐想是如何开始的：是阿图尔为了生活得更好，在我的默许下贪污腐败，他的伎俩被我发现的时候，还是与我曾经的青春相遇的时候？

或许，两者兼而有之。

在接下来的日子里，阿图尔的问题也被曝光出来——别墅的事情，与埃尔文·蒂兹达尔的秘密协议，连同他那个又赶时髦又愚蠢，我打一认识就无法忍受的妻子。艾娃·蒂兹达尔代表"年轻的富人"，我们奶奶用过这个讲法，我们却并不明白，它特指八十年代前，已经没有什么特别的含义了。因此，艾娃，她的丈夫，这位部长，他们的不真实和虚伪令人无法忍受。阿图尔为他们辩护。

我也开始受不了阿图尔了，受不了他的思维方式、他的朋友、他的节目随时随地被称为"阿图尔·拉多瓦尼媒体的绝妙惊喜"。

忽然，我发现这档节目，由于它的无耻和不负责任，变为了一场思维的种族灭绝。在我剖析自己的良知以及周遭的一切时，我形成了坚定的信念。我还记得这一切是如何发生的。那是一个星期五的晚上，差五分十点。因为"爸爸就要出现了"，贝尼换了频道，转到了视窗电视台。正在播映《魔眼》的第二或者第三个节目。我正在电脑上干活，并不很仔细听有人在讲解建造地月天梯的理论和方案。阿图尔极其严肃地问设计师，据说天梯是阿尔巴尼亚政府近期计划的一部分。当时，我就要翻完乌戈·里卡雷利[①]一部小说的最后一页，这是与我合作的出版社让我翻的。我又看了一遍我已经翻完的这一章，我佩服我自己。优秀的阿尔巴尼亚文翻译，我想，不惜自我吹嘘。语言通达，辞藻奔涌，语句流

[①] 乌戈·里卡雷利（1950—2013），意大利小说家。代表作《完美的痛苦》。

畅；看来似乎作家是用阿尔巴尼亚语而非意大利语写作的。在翻译的过程中，我时常想起他来。而且，我相信其他的译者也有这样的体验——在翻译的时候，我觉得似乎作家是个活人，我在与他交谈。我感觉他似乎在倾听我的推测，说我每个句子的最佳译法，说我寻找听着像阿尔巴尼亚语的谚语或比喻。我觉得仿佛他在对我陈述，只对我一个人而不是其他人，讲述众人的种种遭际和人类在日常的琐碎小事上承受的巨大负担。在阅读他、翻译他的时候，我觉得他在告诉我他非凡的思想，当他书写生死、历史、战争、人类灵魂的恶以及他惊人的阐释时，他希望我们共同来分享他脑子里那些无穷无尽的探究。由于人为原因，在我翻译的所有作家身上，这样特殊的、不可遇的、不可能的对话并不常常出现，但对我而言，那是翻译过程中最神奇的呈现之一。当我听到我丈夫戏谑而洪亮的声音时，我便与已故作家的天才头脑进行着这样的转化，这样的交流：

"尊敬的观众，今天我们不知疲倦的记者约兰达·霍查和我们电视台的合作伙伴谢丽·塞费里，将为我们呈现她们好不容易搞到的画面和采访，这些都是她们在做阿尔巴尼亚非政府组织调查时完成的。你们都知道，我们国家的非政府组织都是水蛭，它们吸食、盗取阿尔巴尼亚和欧洲纳税人的血汗……看看，这些主要滥用职权者中的一位，瞧瞧，这位协会负责人和她的犯罪团伙对一个普通而正直的妇女做了什么……"

我缓缓转过身，打量着光芒万丈的阿图尔，他穿着黑西装，脖子上打着领结，他头发闪光，鞋尖锃亮。

谢丽·塞费里，从矮小的椅子上站起来，她穿着高跟鞋，矮个子，面容像是得了艾滋病，一条红色的超短裙把她大腿上带着小青斑的肉都暴露出来。

屏幕上出现了一位非政府组织的负责人。她是阿尔巴尼亚一位最有名望的律师。我非常了解她，常常在她为了妇女权利举办的研讨会和大会上做翻译。我睁大了眼睛：莎拉出了什么事？我不安地想。我敬重那位女性，因为她无论做什么事都认真而准确。她对性别平等问题有深入的了解，关于这些问题的各种国际会议都邀请她，有许多她署名的研究和出版物。她在整个阿尔巴尼亚都设有受虐待妇女咨询中心；起草过《保护证人反暴力法》，在一场接一场争取妇女权益、维护公民社会的独立性和言论自由的法律战中，她还应对过各式各样的困难。及至谢丽·塞费里从她的椅子上站起来的那一刻，对我而言，莎拉·康迪莉就是阿尔巴尼亚公民社会的名人。突然，她被以骗子和罪犯的形象出现在了屏幕上，在一档全国几乎四分之三国民收看的节目里。

我坐在贝尼身旁的沙发椅上，心在颤抖，我竭力想要明白怎么回事。谢丽·塞费里正在采访一名妇女，她把公寓租给了莎拉的协会做办公室。那个女人六十岁，一等的多嘴多舌，她又嚷又叫，说协会欺骗了她。原因是给她的房租协会已经付到了上个月，但是这位正直的妇女要求把这一租金翻倍时，于是她们终止了合同，搬走了。摄像机展示了一个装着海报和传单的纸箱，看上去是协会的人在撤离的时候忘记拿走的。此时，谢丽·塞费里评论说，她们怎么把惨不忍睹的公寓丢给了这位无辜的女士呢！谢丽·塞费里继续坚决地揭露非政府组织的腐败，她说，这些协会假装为妇女权益抗争，其存在分明只是为了盗取钱财，欺骗正直的人。藏在莎拉·康迪莉的名字背后的——在屏幕上现出莎拉放大的照片——是一大堆的腐败问题、滥用职权和逃税！我们呼吁政府和国家监管局制定严厉的法律，阻止这些人民吸血鬼的罪恶之手！

我注视着站在谢丽·塞费里身边的阿图尔。她说的每一句话，他都点头赞同，还面露微笑。

我向电话走去。我想给莎拉打电话，对她说我不相信谢丽·塞费里任何一句诽谤，我敬重她，我欣赏她，她不应该烦恼，我是她的朋友……但是我放下了电话。我是阿图尔·拉多瓦尼的妻子，那个人正通过他在全国收视率最高的节目污蔑她。

当然，认识莎拉·康迪莉的那些人不会被一次这样的攻击愚弄。第二天我和我的众多朋友通了电话，他们都很烦恼，谢丽·塞费里的无耻让他们忧心忡忡，让他们气愤不已……肯定也有阿图尔的份儿，但他们都没对我直说。法律上是找不出莎拉有问题的，但是后来很多人告诉我，她与她领导的协会多年来赢得的好名声毁掉了，协会被削弱了。莎拉失去了与议会的联系,她曾努力建议议会制定对妇女有利的法律。议员们不接她的电话,只是耸了耸肩。谁知道,她怎么就出了乱子……但我们哪能和她搅和在一起。媒体说她挪用了欧盟的基金……一些支持妇女项目的国际人士疏远了她,项目要么半途而废,要么流产。国际人士不会拖延——要是谁在报纸或电视上传出恶名,他们会毫不犹豫地抛弃谁。他们用不着解释孰是孰非,只是离开。有关民主、法律原则、媒体自由度、个人及自我辩护权的自由,种种言论都在蒸发,好像它们从来没有存在过。这些事情出在我们可怜的国家,在我们拼命地建立一个西方模式的民主制度的国家,当我面对着电脑的时候,我默默地向里卡雷利倾诉,当我不必看阿图尔脸的时候,我开始与他对话,因为他的节目拉到了阿尔巴尼亚最有钱公司的广告,那张脸那么兴高采烈,那么闪闪发亮。

后来,一个女同事对我说,莎拉领导的协会的一个竞争对手付了谢丽·塞费里钱,让她在媒体上苛责她和她的组织,好让她退却,特别是得不到外国的赞助商,如此一来,另外的这个团队就有机会获得资金。我久久地望着她,没有说话。"也有,有可能啊。"我结结巴巴地说,想起了节目里神采飞扬的阿图尔。女同事有点疑惑地看了看我。或许,她想起来我是谁的妻子,便换了话题。

一整天,我都无法摆脱羞愧感。但是,我不知道这不过是开始。

在《魔眼》其他的节目里，也不乏白发女魔与谢丽·塞费里的联手，在节目里，她朝自己瞄准的人发动攻击，谢丽受邀补充她自负的细节和事实。我根本无法阻止阿图尔导演的屠杀，即便他并没有亲自动手。当我聊起这些话，他总是对我说，《魔眼》并不是动私刑的节目，娱乐而已。他邀请的魔术师、豢养爬行动物的人、女舞蹈家、奇人异士，比如说那个设计地月天梯的人，还有那个建造发罗拉—巴里①桥梁的人，另外那个发现蜥蜴的毒液可治疗癌症的人，都上了他的节目。也会轮到被攻击腐败、滥用职权或者在社会主义时期当过特务的主角上节目，不过他们的分量仅占节目的十分之一，完全无关紧要。只是还需要吸引另一部分观众——脾气暴躁、渴求正义的群体，他们对奇迹或奇观不感兴趣，却要看真相，只要看真相啊！

接着，可怜的学校校长的事发生了，他们无端指责他恋童癖，要了他的命，后来就是米兰达·波伊斯卡的事。这件事也出了一条人命。那天夜里，当我们看到消息，说她孤独死去，身边没有人，一个儿子疯了，一个躺在坟墓里，一个没有工作，毫无未来可言，身上还背着政治犯罪名受了二十年的刑。我不知道，莉莉，阿图尔告诉过你我们之间的这次谈话吗？但这一次我质问了他。我哭了，喊了，叫了，求了，哀告了，我给他跪下了。我对他说，你放手吧，求你，

---

① 意大利东南部港口城市，与阿尔巴尼亚有水路往来。

我们在胡乱指责别人，我们在失去灵魂，但是他不听我的。他，已经被名誉、吹捧、奉承、金钱，还有谵妄俘虏，凭着自身的绝顶聪明，他正在攀上这一切的巅峰，他没有眼睛来看我，也没有耳朵听我说。他活在他成功的虚幻世界里。那时候，我好好地琢磨了成功的本质。我没有求助里卡雷利，却转向了茨威格。当时，我翻译了他的几部作品，时常与他对话。但是，你是明白我的，茨威格并不像里卡雷利，他不是我可以与之探讨的人。茨威格是特别的，没有办法，够不着的存在，他立于人类的理性、逻辑或是思想之上。一种无法企及的存在。但是，他"是在那里的"。等我有一天回归正常人的状态，或许我能够解释我与茨威格复杂的关系。现在，我不行，现在我不好意思与他说起，对于那些事情，他会苦笑，并宽容我的天真。

因为成功，阿图尔还在步步高升。他如同翱翔在第七天堂，快乐至极。对于他来说，再也没有家庭，再也没有老朋友，在他的宇宙里，要是我曾经有过一点价值，现在也没有了，他的儿子贝尼也没有。也许，我不对。阿图尔并不是对我，对贝尼毫不在意的。当他说他努力工作是为了我们俩过得更好，为了我少些操劳，贝尼感觉应有尽有，我是认可他的。

然而，在这场针锋相对、默默怨怼的情感风暴中，在拒绝回应和偶尔几句的沟通中，我听到了根特·拉迪去世的消息。有一天，当我走进地拉那国际酒店的同传间，与我搭档的另一个翻译刚把耳机戴在头上,手机上就收到了一条短信,而此时,我因为正在揪心阿图尔在《魔眼》上的所作所为,差点把与他的见面忘了。

"哦,不是吧!"他说,把耳机摔在桌子上。

"噩耗?"看着他瘦削的脸,我问。

"嗯,有人通知我,我的一个表兄,根特·拉迪去世了。"

我一言不发,拿起我的耳机,我发现我的手微微发颤。我不想发抖。我不想难过,不想受到良心的谴责,那天晚上我并没有理会他,我觉得他说的含混不清的命运与未来就是夸大其词而已。我不愿去想,我白白努力了一场,我的青春已经与我的纯真一同永远死去。

大会四点左右结束了,我们赶上了葬礼。我对他说,根特是我的老朋友,他告诉我,他知道根特得的是肝病,但是没想到这么快他就走了。

"他是什么时候得的病?"我们驾车跟着去参加葬礼的长长车队前进时,我问他。

"挺久的了,"他回答,"有两三年了。"

我呆呆地望着缓缓前行、时常亮起刹车灯的汽车,在这样的车队里一贯如此。所以,他是知道自己会死的,因此他找了我,有了托付我儿子和他女儿的有点不着边际的谈话。很是郁闷、若有所思地把着方向盘的同事对我说,如今事情更糟了。根特·拉迪有个生病的女儿,他妻子是好女人,却好像迷失了自己，没了依靠，她根本没办法独自维持生计，照顾女儿的病。

"她在哪里工作？"我问他。

"在文化部，好像，在财务部门。根特和他的几位昔日朋友给她安排的，他们感到难过，帮了他的忙。现在我听说，她也有很多问题，有可能会停职。"

"啊，"我回答，却丝毫没有把这些话与阿图尔案—部长—国家高级监管部门联系起来，"他们为什么觉得难过？"我又问，"根特不是有工作吗？"

"他之前在一个研究所，"同事接着说，皱了皱眉头，"但是，根特还是老样子。他辞了职，自暴自弃。他酗酒，一直在赌场玩乐。他把所有的积蓄都输在赌博上，还透支了一年的薪水。他们再也不知拿他怎么办。我不时见到他，我也没办法。"

那天晚上，在阿夫尼·鲁斯泰米广场的葡萄酒吧，我和根特有一搭没一搭地谈论过我们各自的工作。

"我长年在核物理研究所。不是核心人物，总是按部就班。"他对我说，不屑地摆摆手。我同他讲了翻译方面的工作，但并没聊太多。

我居然什么也没听懂，我想。

从葬礼回来，阿图尔盘问我一些他从来不问我的问题。我回答得含含糊糊，不甚清楚。他脸色阴沉下来，更加疑心了。

他有什么好疑心的,我讽刺地想,并且自嘲。这里面有什么好怀疑、好琢磨、好澄清的吗!阿图尔·拉多瓦尼先生,你才是最大的怀疑对象吧!

接着,腐败案件曝光了,后面的事情你都知道。一天晚上,就在我和阿图尔争吵的时候,我发现他的部长朋友想要推卸责任的对象是根特的妻子,法特米拉·赛丽姆。我从来没有想到这一点,因为她用的是父亲的姓氏。

那天夜里,我躺下睡觉时,又想起了我旧日的时光,那时候我不认识阿图尔,我徘徊在地拉那街头,仿佛中了爱情的毒,为根特·拉迪害了病。那时候,我决定必须与他分手。为什么,就像从大洋底浮起这陈年的波浪,遗忘的、熄灭的,遭践踏与鄙夷的旧事突然出人意料地袭来?为什么在我几乎都要记不起他的脸的时候,二十年后与拉迪的见面一定得与他的死搅和在一起,要命的是,因为我丈夫的错,又害了他的妻女呢?

疯狂的巧合,还是命运的捉弄呢?

对我甜蜜生活的残酷惩罚吗?

按我通常的方式,我可以翻篇,可以忘记。我总是把问题抛在身后,选择惬意的生活。我可以不太担忧地等着,等到阿图尔基本平息了他的问题,等到风暴过去,飘在我们头顶的乌云消散。我要支持他,与他共同面对,不去加重他现在承受的负担,看起来一点也不容易。我不愿意伤害他,但是当我看到谢丽·塞费里的栏目,我就告诉他:"你还记得我求过你，哀告你不要与她合作吗？"

大约在早上，我想我应该理解。我应该阻止，彻底地缓解折磨我的这个梦魇。一早上，我都在电脑上译东西，十一月灰蒙蒙的天空令人忧伤地闯入桌子，倒映在屏幕上。高大的杨树也伤心地落了一地树叶。我盯着一片古铜色的叶片懒懒地在潮湿的空气中摇荡，站了起来。

我穿好衣服，由于可能下雨的缘故，我拿上了雨伞，出了门。我穿过斯坎德培广场，不一会儿就拐进了红校路。我又走了几分钟，来到一家咖啡馆门前，对面有一幢二层小楼，四面围着矮墙，爬满了攀缘植物。此时，天空乌云密布，奇形怪状的云仿佛头一回游荡在地拉那的上空。

从前，这条路上并没有酒吧和咖啡馆。我想起法特米拉，竭力回忆她的特征。在一次过节的时候，我匆匆地见过她一面。有人告诉我看到那里有位短发女人，她是根特·拉迪的妻子。我努力把那张瘦长的脸烙在脑子里，她面色苍白僵硬，却带着嫁于其他女人艳羡的男子的胜利目光。那目光在来宾的头上盘旋，展现着荣耀、满足和对其他一切的不屑。还有微笑……微笑是最无法忍受的：轻蔑、冷淡，高高在云端，说着"我不想认识你们，我是与众不同的，我身在别处"。

我根本没法去想她。也许就在那个晚上，我第一次，也是最后一次见到她的时候，她就被我的脑子彻底抹去了。或许，这就是个没什么意思的女人，头发短短的，梳得乱七八糟，穿着褪色的绿大衣，正从对面的人行道走过。这么多年，她出过两层小楼的大铁门，在周围小巷里的商店买过食品，她走在他身边，她坐进车子，挨着他。

那时候，他选择了她酸涩的微笑，神才知道为什么。就像不选淡蓝而选深灰，不选宝石红而选米黄。多不恰当的比方，我想，东西与东西是完全不能相比的，任何东西都不相像，任何感情也都不相同。

他漫无目的地在街头闲逛，与那个女人结婚之前，他与我谈过恋爱。突然，我想起了屈服于他、顺从他所代表和影响的一切的感觉。当我们第一次在民族烈士大道相遇的时候，大道散发着拉纳河岸和树木带着雨水的气息，刮着冬天的冷风，我十六岁，他十九岁。我们靠在考古博物馆的大理石柱上，比我高一个头的他便俯下身，温柔地拥着我，把他的嘴唇轻轻地贴在我的嘴唇上。我望见了不远处霓虹灯闪烁的黄光。

我想起了他咖啡色大衣散发出的淡淡皮香。好奇怪，那香味我记得一清二楚。一切都一下子回忆了起来，就像一个火山口即将喷发。为什么我之前没有感受到，我奇怪地想。往回走去，但是我走得更慢，不情愿。实际上，我愿意一直在那条路上走下去，去找寻他的影子，就像我们第一次见面后的那些年，我自己寻找他那样。他一侧的肩往外弯着。一九九一年，当我看到他那样穿过半明半暗的街道向我走来时，我的心一直剧烈地跳着，那时，由于反政权的抗议和已压垮国家的贫穷,地拉那好几个小时都淹没在黑暗之中。

我一刻也没有忘记分手的原因和随之而来的痛苦,只不过我回忆起来的痛苦就像一个迷茫的阶段,是难以忍受的伤痛。我还清楚地记得准确的日期,我惊讶地明白我已不再痛苦,根特·拉迪不再对我的生活、思想和感情产生任何影响的那一天。那天,我去了大学,坐在第一排,正对着教授,我望了一下窗外。天空中一朵像冰淇淋一样的白云,和院系旁的一栋楼旧屋顶的一角。

我看了看屋顶,就像第一次看到它一样。那天,教授的胡子似乎长长了。旁边的女生好玩的凉鞋,仿佛预示着令人愉悦的快乐。

那一刻,我好像从冬眠中醒来,我意识到我是自由的。因为什么都无法令我痛苦,什么也不再折磨我了。根特·拉迪走远了,他在某个地方,一个遥远而无关紧要的区域,向着一个肉眼看不见的遥远星系奔去。

他永远从我的生活中消失了。

及至我在湖畔步道上看到他的那一天,直到我们在阿夫尼·鲁斯泰米广场见了面,不久就是他的葬礼。

他死了,"他不在了"。他不存在了。他也不在空中,因为他的脑子不再发出能量波,他的思想不复存在了,既无法再送出快乐和激情,也不能把引发的等量苦痛赐予他。这是他为人的趋向。他就是这样的人,无法改变。他一直就是这样。

那时候,我与他分手之际,我对自己发誓,在这世上没有哪个男人能够再伤害我。葬礼那天,当我跟着车队,我问自己事情为什么走到了这一步?为什么他突然出现,又突然离去?为什么我不再像二十年前那样觉得只有我是对的,现在我感觉不到同样的信念,疑惑也不停地困扰着我?

我回到家,但我的内心乱极了。一切都已倾覆,另外一盏不一样的灯亮了起来。世界、生活、婚姻、我的孩子、我的父母、同传间、茨威格……一切现在都只关联着一个名字:法特米拉。她是我丈夫的下一个受害者;她年幼的女儿,正生着病。

葬礼后,我更加留心那些正在算计陷害法特米拉·赛丽姆的伎俩。每过一天,我不是在关注阿图尔的事,而是在担忧我完全陌生的这个女人。

终于,有一天,我决定去见她。我不知道是什么敦促了我:我正在把别人的罪恶感转移到自己身上,是正直的原则还是个人好奇心的侵蚀,我想要目睹屈膝的对手吗?抑或是一种浪漫的情愫,要去完成我见到根特·拉迪的最后一夜,他半清不楚说出来的遗嘱呢?莫非死亡升华了感情,安抚了愤怒,减轻了痛苦和郁闷,给宽恕腾出了地方?

或者自从我决心忘掉根特起,就早已原谅了他?

我还没来得及给内心纠结的这些问题中的任何一个找出答案,而此时阿图尔正遭了重创,他一天天地瘫倒下去。我不等了,一天晚上,我敲响了二层小楼的铁门,铁门上依旧挂着马蹄铁,以前的人既拿它当门环,也用来防备恶眼①。

法特米拉看到我,既不惊讶,也无慌乱。她也没装作不认识我。她也向我问好,对我说:

"请进,阿丽亚娜女士。"

莉莉,后面的事你知道。简单地说,丈夫的离世,接踵而来的腐败指控,都让她太震惊了,她那么担忧女儿的健康,对于我——在援救人名单末席的人前来搭救,竟没有表现出丝毫的惊异。

那天晚上,我们坐在大厅的沙发椅上谈了很久。沙发套是用过极长时间的,四壁都是裸墙,上面挂着两幅廉价画,已落了灰尘。除了法特米拉平平常常的外表,这是令人始料未及的另一幕情境。我可以想象到根特·拉迪的一切,但想不到他缺乏品位、精致和优雅。似乎那里住的是别人,而根特·拉迪从来不住在那里。这一点让我得以轻松地讲话,可以待在那个房间里,因为周遭的一切没让我想到他的灵魂、他的身影在四下里转悠,在听着我的话。这是别人的家,不是根特·拉迪的。

法特米拉就像对一个老友——与之分隔与疏远多年都不打紧的老友,向我敞开了心扉。我感觉到,对她而言,我一

---

① 阿尔巴尼亚习俗说恶眼伤人,尤其伤害孩子,使他们常常得病,在房门上悬挂一些物件可防恶眼的伤害。

直都活在他们中间，一直都在场，而她不停地在与我对话。

最后，她详详细细地把投标和伪造签名的真相告诉了我，便哭了起来。她向我发誓，再三起誓，她什么好处都没拿，她从来没有想要……尽管从我的角度，我相信她的誓言，这个部分不值得再说下去，但她还是不罢休。

我们又见过两三次面，最后我们做出了疯狂的决定：我们选择消失！除了已经不在世的根特，她在地拉那没有什么人了。她没有钱请好律师，也没有可以保护她的人际圈子。她想要静一静，离开地拉那，到瓦尔博纳让她的家人庇佑，在那里，她自己清楚如何能得到保护。

我陪她去，这么做是为了不让她一个人，但是我也有私心。我想要离开，脱离我日常的生活，不要再看到、再听到阿图尔的一切。我想要思考思考，弄清楚我自己和阿图尔，找寻解释，他为何变成无情之人，我自己恐怕也是如此，我透过阿图尔的所作所为反观着自己。

后续的事，你都知道了。

第八章　莉莉、简·霍尔特及补充说明

说实话，阿丽亚娜的讲述，她想把事情搁置起来的做法都令我吃惊。藏在瓦尔博纳，实际上并不是躲藏，而是暂时不留痕迹的一种远离。

不过，我完成了我承担的任务。我找到了她。她没有生命危险，也没有遭到威胁，也并不想自我了断。在她所有涤荡良知和履行遗嘱的解释里，法特米拉遭到责难、被解职有着最为重要的意义。

如今，我可以轻松地离开她，去向阿图尔·拉多瓦尼讨报酬，回归我"私人纠纷解决事务所"的日常生活了，所里还有别的纠纷等着我去解决。但是，有些东西让我与她，还有面无表情者法特米拉·赛丽姆保持着联系；我也想最终解决"拉多瓦尼"问题，想看到我们留在瓦尔博纳的那个小姑娘能过上一种更正常的生活，有医生和照料的人伴在左右。

埃米尔舅舅不停地劝我不要在处理问题的时候掺杂情感。

说得轻巧。

查出简·霍尔特团伙的性质和他们跟踪我们到瓦尔博纳的原因，舅舅会办好的。

这还是个带着危险意味的大问题。谢丽·塞费里和白发女魔玛格丽塔的出现迫使我想到，我们触及了媒体的利益。

但，是谁的媒体呢？

困在普里兹伦的三天里，阿丽亚娜接受了我的提议，提议概述如下：

阿图尔·拉多瓦尼尽可能乔装去见埃尔文·蒂兹达尔，要求他辞去部长一职。去与检察院协商，撤销对部里的惩戒，处以罚金，并且仅处罚拉多瓦尼。此后，宣布法特米拉·赛丽姆无罪。否则拉多瓦尼就会豁出自己，在阿尔巴尼亚各家电视台公开说明腐败事件。

这就是阿丽亚娜对她丈夫设定的回家条件，不容商量。

埃尔文·蒂兹达尔必须支付法特米拉·赛丽姆一年的全部医疗开销，用于她生病的女儿，还要想办法自己出钱把她女儿送到意大利或者其他国家的专业诊所治疗。即便在这种情况下，阿图尔得提醒他赚来的那笔巨款的数目，敲他一下。

由于埃尔文的辞职，朝他劈来的闪电就会转而仅劈向阿图尔。

阿丽亚娜没有因为自己而动摇。即便他们把他关进监狱，她也会等他，支持他，爱他。

在普里兹伦的最后一夜，当时狂风在窗玻璃上怒号，阿丽亚娜终于和阿图尔在Skype上通了话。我走出房间，没有去听他们之间说了、谈了什么,但是谈话持续了很久,比我预想的要久。我躺在客厅的沙发床上,盖着红毛毯,听着他们时而呻吟,时而高声,时而痛哭流涕,又是勃然大怒,又是类似哀求,再变为驳斥……

屋外,一个未知的冬天让高中校长家的四壁凉透了。我昏昏沉沉地听着阿丽亚娜的低语和怒吼,后来我想到了其他的事情,比如我该到远一点的地方休假,在温暖的海岛岸上,我肯定会遇到特别的人,无疑好运会突然降临,双手都拿满了东西,我会成为海滩和桑巴晚会的小姐,海浪呈现出沙漠中荒沙的颜色……从那里我又来到了荒漠,简·霍尔特和谢丽·塞费里,还有白发女魔玛格丽塔都在那里,他们说了我什么——自然,都是不好的话。接着我又到了普里兹伦博物馆之家的门口,站在阿卜杜尔·弗拉舍里①的右边,人群高喊着:莉莉——独立、莉莉——阿尔巴尼亚、此时我被一个土耳其司令拖走,拖到了一个阴暗的监狱,有石头的围墙,门口有宪兵,城垛上还有卫兵……头上戴着白色毡帽②……看不见的马在令人痛楚的某个黑暗之处伤心地嘶鸣……

早上我醒来,梦已经忘了,我想我们得尽快动身。埃米尔舅舅在聊天工具里留言,他已经查出了简·霍尔特那伙人

---

① 阿卜杜尔·弗拉舍里(1839—1892),阿尔巴尼亚政治家,普里兹伦同盟的主要领导者之一。
② 阿尔巴尼亚传统民族服饰之一,由男性佩戴。

的性质,也就是说,那伙人可能是中立的。危险不在身上,只在视觉上。

我冥思苦想:他说视觉上有危险,这句话到底要表达什么?

外表
表现
形象
远望
可见地
视野

我把所有这些词都写在本子上。

在盯着看了好一会儿,又自己反复琢磨了近半个小时,我从中挑出了两个词:可见地和视野。

电视!

不错!穆巴丽梅要是发现什么非常重要的事,就会这么说!我保证,他们与电视有关联。可是,我怎么之前就没想到呢?和哪家电视台有关系呢?视窗电视台吗?谢丽·塞费里要"简·霍尔特及公司"抹黑拉多瓦尼和他妻子、法特米拉,或者我的生活,图什么呢?

她和白发女魔玛格丽塔,就像《匹诺曹》里的猫和狐狸,以狩猎阴谋与邪恶为乐。

在某个电视演播室里,现在肯定正在剪辑录制的东西:有瓦尔博纳河谷的景致,有我们三个女人在穆巴丽梅的厨房里像密谋者那样交头接耳。有夜里,我躲在窗帘后,在窗子上留下的侧影。在路上,我像老鼠一样穿行在下着雪的树林里。在楼梯上,踮着脚尖……

结果,一切的发展都在意料之中。

阿图尔·拉多瓦尼接受了我的建议。我和阿丽亚娜待在普里兹伦,法特米拉在莱什的"基地",直到我们得到消息,埃尔文·蒂兹达尔迫不得已答应了。当不知疲倦的格兹姆·沃尔普斯读到大报标题——近二十年来阿尔巴尼亚首位辞职接受腐败调查的部长!后社会主义时期历届阿尔巴尼亚政府中第一个为调查让路的部长!致敬文化部部长的非凡姿态,辞职为透明公正的调查开路!部长形象得以澄清,他的前顾问阿图尔·拉多瓦尼形象有污点,恐会入狱!埃尔文·蒂兹达尔的辞职信证明行政人员法特米拉·赛丽姆无罪!法特米拉·赛丽姆所有指控取消,可回原部门任职!——高兴与惊讶都闪现在脸上时,我们直接由早间新闻得知了前所未闻的事。

于是,我们出发了。

回程时,我们默默走了一路。我们身旁耸立着一面面山崖,河流、云块、光秃秃被雪重压的树,在我们的脚下勾勒出轮廓，接着，渐渐地，随着高度下降，雪也越发稀少，云出现在头顶上，山尖没入了云朵之间。

从库克斯走的路要比坐渡轮短得多，直下米洛特，我们便到了莱什。我们抵达的那天下午，山冈上因多雨而黑黝黝的城堡围墙比其他时候都显得分明。我们在那里接上了法特米拉，她正在人行道上等我们，手里拎着箱子。她穿了一件蛋清色的风衣，脖子上系着一条浅蓝色的围巾，上面的波点与风衣同色。头发好好梳理过，簇拥着与我所认得的并不相同的一张脸。

我略带些诧异地打量她，她无疑注意到了我的惊讶，对我说：

"现在，我不再做噩梦了。多亏你，莉莉。"

她拥抱了我。

"多亏阿丽亚娜。"我回答。

她们互视了一下，两人同坐到后排。从后视镜里，我看到她们默默地拉着手，就那么一路牵到终点。

"出发吧，穆罕默德。"我对我的同事说，他安静地等着，神清气爽，似乎并没有连续开过好几个小时的车。

在我们可爱祖国的道路上开过车的人都清楚，他得面对各种各样突发的怪事，特别是从莱什到地拉那这一段。他得考虑到前面突然出现的慢悠悠回家的奶牛，不遵守交通规则的板车；就要进入隧道，应该靠路侧行驶，否则一辆危险的奔驰车，速度极快地超过所有其他车子，有可能让他卷入一场致命的事故。通向地拉那的高速公路上，每小时百辆车通行，当众多的行人横穿公路，而没耐性走就在十米之遥的天桥时，最坏的事情可能发生。

但是，穆罕默德·哈吉伊梅尔是老司机，具有前所未见的耐性及稳重。一辆奔驰车真的以每小时一百二十迈的速度向我们冲过来时，他丝毫没有一点紧张，而是预判了情况，降低了车速，沿着隧道慢慢开。看到一个农民，携家带口，与两个小孩、妻子和戴着花头巾的妈妈一起要翻过高速公路车道间的石墩，跨在上面等着令人眼花缭乱的一大拨车子开过再跑过去时，他也不害怕。

很清楚的是，可能多少给穆罕默德·哈吉伊梅尔留下印象的是小塑料袋，风把它们吹出了垃圾堆，在我们经过的所有平原、草地四处飞舞，挂在树枝上、路灯上、高速公路两侧的广告牌上。彩灯微微晃动，闪烁不已，它们极力夸耀着砖、石板、家具、水泥、汽车轮胎、阳台和露台的遮阳篷的工厂、作坊和企业。我觉得我们阿尔巴尼亚的风景仿佛被融入了现代元素，令我意想不到的是，里面有那么多小塑料袋，以至天空的云似乎看起来都像塑料做的。

"莉莉，"他突然开口，此时法特米拉和阿丽亚娜已经聊了很久，并没有留意到我们，"看来，我们虽已做完这件事，但我们还留了一个尾巴。"

"什么尾巴？"我问，他说"我们虽已做完"，用了复数，我多少有被戳了一下的感觉。

"我指的是那一伙外国人。"

"嗯,你说得对。"我回答,也陷入了思考。

我们深夜进了地拉那。我们送法特米拉到了她在红校路的家。她拿出一把大钥匙开了木门,放下箱子,又拥抱了我们。我扫了一眼小院,院中有一条石子小路穿过,我觉得似乎孤寂的门已打开,但我很快驱走了这种感觉。取而代之的是,我眼前出现了根特·拉迪靠在墙上佝偻的身影。

阿图尔·拉多瓦尼在他住的大楼前的一家酒吧里坐等着,里面只剩下几个阴沉着脸的人,仿佛大家都有着与他同样的烦心事。当他邀请我们坐下来一起喝点东西时,我心里说,这里叫"苦瓜脸酒吧"非常合适。穆罕默德说,我在外面等你,他没有下车。

我们三人坐在角落的一个桌子上,席琳·迪翁为沉没的泰坦尼克号倾情演唱的歌声传来。调酒师几乎昏昏欲睡,而服务员斜眼看到了我们,他看都不看我们一眼,在我们面前放上几杯汤力水。苦瓜脸的人也不好奇地注意我们,就好像我们就是东西而已。

阿图尔·拉多瓦尼体重已经减半,夹克挂在他的双肩上。他的脸显得更长,更黑了,还爬上了新皱纹。他的双手引起了我的注意:细了,他的皮肤像是一种半透明的物质。他瞟了一眼阿丽亚娜,神情专注,焦虑已隐藏起来,又冲我淡淡一笑说:

"我不相信女人的能力,是我不对……"

我也微微一笑。

"现在,你们面前是一条有许多未知的路,"我说,"这条路我没法跟你们走了。"

"当然。"他说。

"我得走了,"我接着说,没有碰汤力水杯,"很晚了。"

"明天,我们电话联系,把我欠您的债了结一下。"他说。

我摆了摆手:"好的。"

我离开了阿丽亚娜,走到马路上。坐进汽车,穆罕默德默默地把我送到我太阳坡的家。

我坐在电脑前,点开电脑,打开世界上最好的网络邮箱——雅虎邮箱,lduka@yahoo.com,在收件箱里,埃米尔舅舅那边没有任何新消息,我眼睛盯着小屏幕,想到阿丽亚娜在家里,与阿图尔在一处,她沉默不语,有些被雨淋湿的栗色头发,大大的眼睛,眼皮低垂着。我想到一次严重的争吵,一次艰难的分开之后,和解可能是怎样的呢?我想象了支离破碎的话语、累积起来的愤怒、突如其来的发作、哭泣、请求原谅,不敢直视,然后可以直视。可是,无论如何,我把我绝对想不到的都归到了一起。

我不可能知道和解是怎样的。我从来没有经历过这样的或者类似的情况,或者感受过同样深的折磨、惩罚、懊悔和痛苦。

然而，奇怪的是，我嫉妒那种磨难，已经远去的争吵，那一夜的和解，我嫉妒等待着他们的混沌未来，他们如今看待世界的新方式，那显然像是对最庞大的未知的发现，两人正又害怕又盲目地走进去，但没有迟疑。

现在，我被一种孤独感逮住，它不像根特·拉迪院子里的孤独感，而像瓦尔博纳倾斜的高高山崖，像孤单的河流淌的细流，在那些令人恐惧的山峦之间，在残缺的天空下，在石屋、屋顶灰石板和树木光秃秃的轮廓旁，藏着被遗忘的美。

尾 声

后面几周,事情进展迅速起来,我故事里的人物像在默片里一样变换着、移动着位置:他们步履匆忙而短促,比正常的速度快了一倍。

阿图尔·拉多瓦尼接受了调查,接着审判,最终他因"滥用公共资金"被判处三年监禁。虽然众所周知的是他还活着,但要不是肯付给我那么多钱,他也入不了狱。

埃尔文·蒂兹达尔,辞职后退出政坛,过了一段时间,他从地球上消失了,就是说,从报纸的标题,电视新闻的字幕,地拉那的办公室、酒吧和饭馆的流言蜚语中消失了,特别是从"布洛克区"的那些场所,各部门的官员、银行家、政客和媒体人午餐与晚餐的那些地方消失了。我深信这次的撤退不过是一个策略,过不了多久,我们就会再次听到他的名字出现在某个营利活动上,政治活动也行,为什么不呢?

艾娃·蒂兹达尔,也不再出现在奢侈品店了,她不买花钱的衣服了,在拉尔兹海湾的别墅,在"猴餐厅"也看不到她了,以前光顾那个昂贵餐厅的人常常在那里见到她。据说,为了缓解对她丈夫无理的诽谤和攻击引起的心理创伤,她去了波士顿她姐姐的家。传言,她给某人发了电子邮件,描述她在美国散步的情形,她写道,感觉好极了。

阿丽亚娜·拉多瓦尼,她又爱上了丈夫,这一次她怀着更大的热情,虽然得在囚犯会客室里见他,但她看起来一点也不难过。我进出罗格纳酒店或是地拉那国际酒店的时候,碰巧见过她,她在那里给各种会议做翻译。她亲切地与我握手,就像我是个特别的女友。一周前,我还看到过她:她穿了一条鸽子色的针织连衣裙,上面罩一件熟李子色的毛衣外套,我觉得她魅力十足。她离去的时候,高跟鞋在罗格纳酒店大堂明晃晃的地砖上噔噔作响,我想起了我的朋友马克斯,他说过,当一个女人走路,鞋跟发出声响,这说明她的事务进展顺利。

法特米拉·赛丽姆·拉迪,她并没有接受再回文化部担任财务总长。她在一家家用电器贸易企业卖洗衣机、洗碗机、绞肉机、烤箱、榨汁机、吸尘器、烘干机等。我想,在那里,她找到了自我。她把女儿带回了地拉那,安排在一家残障儿童医疗机构,付过费的——只有我知道——由蒂兹达尔的活期账户付款。因为她忘不了要请我喝咖啡,有一次我见了她,问起了穆巴丽梅。她对我说,穆巴丽梅问候我,说她等着我春天来。

谢丽·塞费里、白发女魔玛格丽塔和简·霍尔特又如何了?

哦,这是自成一章的吧。

这里面,无往不利的是我舅舅埃米尔的天才和我父母对他的支持,虽然他们都是业余的,却显示出罕见的直觉和胆识。我待在瓦尔博纳的山沟沟里寻觅雪中夜影的日子里,他们三人没有袖手旁观,尤其是我妈妈,为我身处非常遥远的地方,在被诅咒的高山①上遭受可疑人的威胁而担惊受怕,此地命名的由来更令她加倍地感到惊悚。她一直没有合眼,也不让另外两个人有片刻的安宁。就是她嗅出谢丽·塞费里和白发女魔玛格丽塔出现在瓦尔博纳不仅与跟踪拍摄有关,就是说,她们为他们的"秀"准备素材,想要全都拍下来,而且还关系着一些更复杂的事。她连着两天趴在网上,找出了九个名叫简·霍尔特的人。其中一人,看起来与 CBM 国际电视网有合作,播出一档有关全世界各种事情的"真人秀"。

于是,舅舅也被我父亲跟踪到底的决心鼓舞,加入进来,用上了虚张声势的招数。两人求见了视窗电视台台长,下午五点,台长立马单独在他的办公室招待了他们。

舅舅直捣主题:

"我们事务所要去法院告您。"他对台长说。

台长抬起眼睛,疑惑地望着舅舅,目光里还带着轻蔑与嘲讽。

"你们?告我?"

---

① 这里指阿尔巴尼亚的阿尔卑斯山,因当地传说而被称为"被诅咒的高山"。

"您授权了你们的记者白发女魔玛格丽塔与公民谢丽·塞费里联手,窃听和拍摄我们事务所的一名女员工,触犯了法律和个人权利。我们要到欧洲理事会、欧盟委员会去解决问题,我们会给所有的大使馆写信,到检察院去起诉,我们会要求暂停你们电视台的业务。"

台长佯装不知情。虽然现在遭了警告,但是,舅舅感觉台长并不十分害怕,他看了看我爸爸。

"我女儿,"我父亲平静而阴沉地说,他的眼睛牢牢地盯着台长的眼睛,"掌握了你们电视台腐败问题的确凿材料。您本人也知道那些材料为何会在她的手里。"

"而且,"舅舅补充道,"您也知道那些材料在一个特别安全的地方,它的备份存在好几个您想不到或碰不到的地方。"

"我女儿,"爸爸接着说,"希望尽快公开那些材料。"

台长趾高气扬的神情一变,服了软。

"怎么才能达成和解呢?"他问,"我们的帽子底下不过是有只苍蝇,但负面宣传会毁了我们的。"

"明白,"舅舅说,"所以,我们怎么把苍蝇赶走呢?"

"录像带现在已经没有用了,"台长好言好语地说,"案件突然消停了,部长辞了职,拉多瓦尼判了刑。这件事不再是我们感兴趣的对象。我们没想过要播出任何东西。我们追过逃跑的人的行踪,想在调查人员找到她们之前做个'独家新闻'。但是现在,这件事已经不是个事了。"

"那简·霍尔特呢?"舅舅问,"他和他工作的电视网不想在国际上控诉一下吗?"

"简·霍尔特,我可管不了,"台长说着耸了耸肩,"但是我有CBM台长的名片。你们拿去吧。"

他递过名片。

简·霍尔特没有了消息。他是在空中蒸发了,还是偷越了边境,我们根本无从知晓。我们事务所,观察陆海空各个过境处,拼命找他的行踪,跟踪他,但是,我们没有找到他的任何一点踪迹。连他同行的朋友,弗兰克和朱迪斯也是如此。

这件事引发的风暴平息之后,就在拉多瓦尼已经被遗忘在监狱里,谢丽·塞费里与白发女魔玛格丽塔一道继续又向其他受害人杀过去时,我们发现了简·霍尔特的踪迹。我时常看看CBM国际电视频道,上面每周播出一次"真人秀",简·霍尔特的名字,小小地出现在调查记者中间。连着一年,每周我都看着那个节目,悬心别在里面出现用简·霍尔特那个呆子所想的方式来诠释的我的面孔和名字。

害怕并不是多余或毫无依据的。

我的名字和面孔出现了,全球都看到了我。

一个九月的夜晚,上面讲述的事情过去整整一年半了,我疲惫地回到家里,为了我必须完成的一个新调查,一天排满了会面、记录、疑问和推理。同时,我在为一家出版社工作，是另外一家更大、更有实力的出版社，出过很多作者的书，我的这个早就从他们那里获得了出版权。

我坐在书房里，翻开文件夹。本能地，我还打开了电视，现在是"真人秀"的时间，我锁定在CBM频道上。

我勉强集中注意力。"我就是在自己瞎折腾自己。"我咬牙切齿地说，又合上文件夹，一动不动地待了片刻，眼睛虽盯着屏幕，思绪却不在那里。说真的，我正在享受着那些放空想法的休闲时刻，当人感觉思想被清空，身体放松下来，画面才会清晰起来，毫不费力就能明白其中的含义。

突然，屏幕上出现了简·霍尔特整个人，他站着，手里拿着麦克风。

我心里一紧，站了起来，拖过一把椅子，走过去，杵在了电视机前面。

"尊敬的全世界的电视观众，"简·霍尔特正在说，他穿着时髦的黑西服，金发向上梳起，还穿着白色的外衣和黑色的裤子，看上去非常文雅，"尊敬的电视观众，今晚我们要展示一个在我们的节目里并未完成的报道：一段在巴尔干小国阿尔巴尼亚的阿尔卑斯山上拍摄的真实现场影像。而我，今晚，在这个真人秀里，我想说出真相，只说真相，驳斥新闻界的著名公理——坏消息就是好消息。"

"今晚，我想讲述我们如何亦步亦趋地跟着一位阿尔巴尼亚年轻女性（我的脸出现在屏幕上），她既不是恶人，不是骗子，也不是逃跑的人，她既没有躲着谁，也没害过任何人。她是一名侦探，热忱地完成着她的任务，也许……也许还冒着生命危险。恶人是我们，与视窗——阿尔巴尼亚一家私人电视台——合作的 CBM 记者。"

我睁大了眼睛，竖起了耳朵。我的影像——准确说，就是一张照片，上面的我很丑，我要气炸了。接着是我的剪影，我在民族烈士大道上来回走，我走进阿基姆大楼的单元门，我去见阿图尔·拉多瓦尼，我走进玫瑰人生吧，我坐上渡轮，穿着牛仔裤和厚毛衣，围巾裹住了我的半张脸，我和法特米拉在一起，我和阿丽亚娜在一起的各种样子……我深夜在穆巴丽梅家窗帘后面的侧影……我在大雪纷飞中向木屋旅馆走去……我踮着脚尖走上穆巴丽梅家的楼梯……在穆巴丽梅的大餐桌上大口咽着馅饼和烤肉……

画面都配着简·霍尔特的解说。

"我们，"他接着说，因瓦尔博纳那儿寒冷，我的鼻子又红又肿，鼻涕都要甩到后背上去了，"兴致勃勃地接受了阿尔巴尼亚私人电视台的建议。我们要实时拍摄一个轰动事件：一位部长和他的顾问滥用公共资金，他们的同僚躲进了阿尔巴尼亚深山地区，得到其中一位的妻子的帮助，一位所谓的女侦探的掩护——我们的阿尔巴尼亚同行是这样给我们解释情况的……"

简·霍尔特讲了他们如何捕猎心切，如何跟踪，如何用纽扣和圆珠笔拍摄，他还不忘说明我发现了纽扣的问题。在 CBM 的屏幕上，出现了阿图尔·拉多瓦尼和埃尔文·蒂兹达尔的影像、文化部的大楼、骨瘦如柴的拉多瓦尼、胖胖的昂首前行的蒂兹达尔、正在施工的斯坎德培广场、干涸的地拉那大湖公园、都拉斯路上有点泛白的五颜六色的大楼。简·霍尔特逐一准确地讲述了对滥用资金的指控、蒂兹达尔的辞职、拉多瓦尼的入狱、法特米拉·赛丽姆的无罪,接着,他开始了心灵的宣泄:

"我和弗兰克慢慢发现了真相。从细节、琐事、表达,我们一边努力看报纸,一边解码三个女人的关系……我们开始感觉到,事情与两位阿尔巴尼亚记者告诉我们的并不吻合。

"于是,我们下了决心,离开了。我们带上录制的东西,直奔机场。我们还带着一个说不清道不明的重负,或许类似于责任……或许像良知……我们西方人,自以为我们可以把发展中国家的公民当作小白鼠去做实验。这些国家与其懂得我们西方腐朽的文明中的消极现象,宁可根本不要发达,因此我们播出这次的录制内容,我们评论这些是对自己的斥责,控诉西方虚假的媒体,戳一下已经衰落的西方的痛处……"

我关小了音量。这部分看不下去,我心里说。这就够了。对重生的前东方,你一点也不懂。

我的面孔又出现了,这一回,我的头发梳得整整齐齐,穿着与拉多瓦尼在罗格纳酒店初次见面时的西服。他们居然从一开始就拍了我,那时我自己都还不晓得是怎么一回事。

我开大了音量。

"我不知道今晚莉莉安娜·杜卡女士是否看得到我。"简·霍尔特结束他有感而发的讲话。"我不知道她是否听得到我的道歉,能否明白我的意思……我愿意以另一种方式与您,与莉莉相识,"他说,眼睛直视镜头,由于激动,他的话差点没噎在嗓子眼上,"让我们在正常的人与人的友好的环境中相识……晚安,莉莉……"

CBM 的真人秀节目演完了,简·霍尔特凄然一笑,渐渐消失,他为虚假、为全球化的灾难、为发展中国家丧失传统、为西方人丢失价值、为人类社会的黯淡未来……为……而哀伤。

很晚,我躺下睡觉时,还在努力理解简·霍尔特和他所代表的一切。我做了梦,梦见他骑在一匹飞马上,我盘腿坐在一块也能飞的毯子上,在空中飞来荡去,我正与他打招呼,我从东边来,他打西边来,炽热的太阳正沉入大海……我们的下面是难以丈量的森林、无边无际的沼泽、河流、桥梁、飞驰的火车、闪烁的城市、独弦琴曲、嘻哈韵律、莫扎特式的乐音、空气中的音符、海鸥的翅膀、无数的繁星、微黄的细沙、道路、蜿蜒的道路、不可逾越的峡湾、黎明时分的闪电……

两年后,我又见到了阿图尔·拉多瓦尼,他因为表现得好提前获释了。一个五月的早晨,我正坐在我的小阳台上,边喝着第一杯咖啡,边端详地拉那小山冈上的绿树,他给我打了电话。

我们约在"玫瑰人生"见面。马克斯在门口等我们,他和我们待了十分钟,上了阿尔巴尼亚卡尔梅特葡萄酒招待我们,还搭了切片的苹果、猕猴桃和香蕉,然后,他说他要看"冠军联赛",就离开了。

我与拉多瓦尼认真而好奇地对视了彼此。

"你一点都没变,莉莉,"他说,第一次改成了单数第二人称,"你还比两年前更好看了。"

"坐牢让你变化太大了吧,"我回答,"它居然让你温和起来。之前,你是不懂恭维女人的。总的来说,监狱是让人更加野蛮的。"

他笑了。

"有可能,"他说,"我是从那个世界来的。这里的情况我还没有习惯呢。"

我问了他儿子和阿丽亚娜的近况,从他的作答来看,我觉得他的家庭生活十分美满。眼下,他正在找工作。

"我们卖掉了房子,"他解释,"因为我们根本还不起欠债和罚款。现在,我们租住在郊区,但我们已经找到了一个又大又便宜的单元房。阿丽亚娜的父母也帮着我们。一切看起来都像是新的,从头开始的,又如此的不同。"

"埃尔文·蒂兹达尔在竞选我们街区的议员。"我没憋住,说出了劲爆的消息。

他耸了耸肩。

"我不感兴趣。现在,对我而言,他形同陌路。那时候,他心里清楚,他知道没有别的路,他逃脱了。"

"你救了他。"

"那我,有别的路可走吗?"

"不,你没有。"

他举起酒杯,愉快地微微示意,喝了一大口,把杯子又放回原位。胡桃木桌亮亮的,仿佛陈年的金子。

"有时候,我们大家都困在救人的陷阱中,"他没有从葡萄酒杯上抬起眼,说,"我、埃尔文、阿丽亚娜,我们大家都寻找了自己的出路。但是,我们之中,没有谁赢谁输。"

"监牢里的反省吗?"

"当然。在那里,人有时间思考,做瑜伽,好几个小时去冥想。前所未有的奢侈啊。"

我细细地端详他深陷到眼窝里的双目,皮肤半透明的双手与单薄的肩膀。但是,他的目光沉静、安宁。

"你到哪里找工作?"

"我想开一家小出版社。阿丽亚娜在出版事务上有经验……"

"我不了解市场,"我说,"没法给你什么意见。"

"哦,"他说,对自己淡然地摆摆手说,"即便我失败了,也没什么关系。万事总归各得其所。"

我们分别的时候,我脑子里重复着他最后的这句话。我想起来，我奶奶在找不到任何解决办法的时候，总是这么说。我曾经以为，它听着像是有见识的话，实际上却是退缩、投降和无力的表现。突然，我推翻了我先前的观念，阿图尔·拉多瓦尼尽管失去了名声和财富，在思想境界上却得到了提升，这境界是建筑在他之前的生活——困难、虚假却光彩夺目的生活之上的。因为他赢得了阿丽亚娜的爱与激励，获得了家庭和处事的泰然。

我也不再那么笃定我的这一观点了，及至那一晚之前，我都以为它看起来不可动摇。

在监狱里面，莫非懊悔一点点吞噬了他，他否定了一切，掂量之下，他觉得阿丽亚娜比荣耀无比的生活更重要，要是他与蒂兹达尔协商好，就可以回到她身边去吗？

难道我和不了解阿尔巴尼亚大事小情的简·霍尔特一样，在说些溢美之词，我，和他一样，完全不知道阿图尔·拉多瓦尼的内心究竟是怎么想的？阿丽亚娜超级正直和讲原则的行为呢，难道仅仅是当时没着没落，没有光亮，粗茶淡饭的生活换来的几个可怜的姿态吗？

难道我又错了，我把夜里无辜的人影当成了并不存在的妖魔鬼怪了？

带着这些扰乱人心的想法，我徘徊在拉纳河畔。椴树散发着浓郁的香气，拉纳河水静静地流淌，荡起小小的、不时发亮的波浪，如同好多鱼鳃在舞动。楼房的窗子敞着百叶窗，里面人们吃着晚餐，闲聊、思考、忧伤、沉默，他们被春天吸引,被过往折磨,对未来惊恐,他们思绪万千,光令他们疲乏,夜令他们迷茫,在一路下滑、无法脱身的时刻,他们感到震惊……

头顶上的天空还是月光下深邃的苍穹。看上去仿佛宇宙在欢庆她未知的、人们遥不可及的奥秘。最好是这样,我想着,吸了一口气。

在那个回不去的瞬间,我又驻足了一会儿,那里面有我,我认识的所有人,存在的所有人,不论我的存在是多么小,又多么大。在思绪飞翔的那一瞬间,我感觉到我与周遭或许并不属于我的一切,与我爱恨的一切,与人们的想法和事物的百态,与组成我和他人世界的一切和睦共处,融为一体。我已接受,我不可能去评判,但我乐意能够去留意、去接触,并成为那无法估量、永恒的瞬间的一员。

终

地拉那,二〇一一年

"蓝色东欧"译丛(部分书目)

第 一 辑

- **《石头城纪事》**(小说)
  【阿尔巴尼亚】伊斯梅尔·卡达莱 著　李玉民 译

- **《错宴》**(小说)
  【阿尔巴尼亚】伊斯梅尔·卡达莱 著　余中先 译

- **《谁带回了杜伦迪娜》**(小说)
  【阿尔巴尼亚】伊斯梅尔·卡达莱 著　邹琰 译

- **《石头世界》**(小说)
  【波兰】塔杜施·博罗夫斯基 著　杨德友 译

- **《权力之图的绘制者》**(小说)
  【罗马尼亚】加布里埃尔·基富 著　林亭、周关超 译

- **《罗马尼亚当代抒情诗选》**(诗歌)
  【罗马尼亚】卢齐安·布拉加等 著　高兴 译

第 二 辑

- 《我的疯狂世纪（第一部）》（传记）
  【捷克】伊凡·克里玛 著　刘宏 译

- 《我的疯狂世纪（第二部）》（传记）
  【捷克】伊凡·克里玛 著　袁观 译

- 《我的金饭碗》（小说）
  【捷克】伊凡·克里玛 著　刘星灿 译

- 《一日情人》（小说）
  【捷克】伊凡·克里玛 著　高兴、杜常婧 译

- 《终极亲密》（小说）
  【捷克】伊凡·克里玛 著　徐伟珠 译

- 《等待黑暗，等待光明》（小说）
  【捷克】伊凡·克里玛 著　杜常婧 译

- 《没有圣人，没有天使》（小说）
  【捷克】伊凡·克里玛 著　朱力安 译

- 《花园里的野蛮人》（散文）
  【波兰】兹比格涅夫·赫贝特 著　张振辉 译

- 《带马嚼子的静物画》（散文）
  【波兰】兹比格涅夫·赫贝特 著　易丽君 译

- 《海上迷宫》（散文）
  【波兰】兹比格涅夫·赫贝特 著　赵刚 译

- 《父辈书》（小说）
  【匈牙利】瓦莫什·米克罗什 著　许健 译

第三辑

- 《乌尔罗地》（散文）
  【波兰】切斯瓦夫·米沃什 著　韩新忠、闫文驰 译

- 《路边狗》（散文）
  【波兰】切斯瓦夫·米沃什 著　赵玮婷 译

- 《第二空间——米沃什诗选》（诗歌）
  【波兰】切斯瓦夫·米沃什 著　周伟驰 译

- 《无止境——扎加耶夫斯基诗选》（诗歌）
  【波兰】亚当·扎加耶夫斯基 著　李以亮 译

- 《捍卫热情》（散文）
  【波兰】亚当·扎加耶夫斯基 著　李以亮 译

- 《索拉里斯星》（小说）
  【波兰】斯塔尼斯瓦夫·莱姆 著　赵刚 译

- 《遗忘的梦境——查特·盖佐短篇小说精选》（小说）
  【匈牙利】查特·盖佐 著　舒荪乐 译

- 《流星——卡雷尔·恰佩克哲理小说三部曲》（小说）
  【捷克】卡雷尔·恰佩克 著　舒荪乐、蒋文惠、程淑娟 译

- 《神殿的基石——布拉加箴言录》（箴言）
  【罗马尼亚】卢齐安·布拉加 著　陆象淦 译

- 《十亿个流浪汉，或者虚无——托马斯·萨拉蒙诗选》（诗歌）
  【斯洛文尼亚】托马斯·萨拉蒙 著　高兴 译

第四辑

- 《耻辱龛》（小说）
  【阿尔巴尼亚】伊斯梅尔·卡达莱 著　吴天楚 译

- 《三孔桥》（小说）
  【阿尔巴尼亚】伊斯梅尔·卡达莱 著　施雪莹 译

- 《接班人》（小说）
  【阿尔巴尼亚】伊斯梅尔·卡达莱 著　李玉民 译

- 《绝对恐惧：致杜卞卡》（小说）
  【捷克】博胡米尔·赫拉巴尔 著　李晖 译

- 《严密监视的列车》（小说）
  【捷克】博胡米尔·赫拉巴尔 著　徐伟珠 译

- 《雪绒花的庆典》（小说）
  【捷克】博胡米尔·赫拉巴尔 著　徐伟珠 译

- 《温柔的野蛮人》（小说）
  【捷克】博胡米尔·赫拉巴尔 著　彭小航 译

- 《无常的夏天》（小说）
  【捷克】弗拉迪斯拉夫·万楚拉 著　张陟 译

- 《赫贝特诗集（上、下）》（诗歌）
  【波兰】兹比格涅夫·赫贝特 著　赵刚 译

- 《垃圾日》（小说）
  【匈牙利】马利亚什·贝拉 著　余泽民 译

第五辑

- 《壁画》（小说）
  【匈牙利】萨博·玛格达 著　舒荪乐 译

- 《鹿》（小说）
  【匈牙利】萨博·玛格达 著　余泽民 译

- 《两座城市：论流亡、历史和想象力》（散文）
  【波兰】亚当·扎加耶夫斯基 著　李以亮 译

- 《另一种美》（散文）
  【波兰】亚当·扎加耶夫斯基 著　李以亮 译

- 《思想的黄昏》（随笔）
  【罗马尼亚】埃米尔·齐奥朗 著　陆象淦 译

- 《着魔的指南》（随笔）
  【罗马尼亚】埃米尔·齐奥朗 著　陆象淦 译

- 《乌村幻影》（小说）
  【罗马尼亚】欧金·乌力卡罗 著　陆象淦 译

- 《裸浴场上的交响音乐会——罗马尼亚20世纪小说精选》（小说）
  【罗马尼亚】诺曼·马内阿等 著　高兴等 译

- 《我行走在你身体的荒漠——立陶宛新生代诗选》（诗歌）
  【立陶宛】阿纳斯·艾利索思卡斯等 著　叶丽贤 译

- 《魔鬼作坊》（小说）
  【捷克】雅辛·托波尔 著　李晖 译

第 六 辑

- **《简短,但完整的故事》**（小说）
  【波兰】斯瓦沃米尔·姆罗热克 著　　茅银辉、方晨 译

- **《三个较长的故事》**（小说）
  【波兰】斯瓦沃米尔·姆罗热克 著　　茅银辉、林歆、张慧玲 译

- **《挑衅》**（小说）
  【阿尔巴尼亚】伊斯梅尔·卡达莱 著　　李焰明 译

- **《娃娃》**（小说）
  【阿尔巴尼亚】伊斯梅尔·卡达莱 著　　张雯琴、宋学智 译

- **《天堂超市》**（小说）
  【匈牙利】马利亚什·贝拉 著　　余泽民 译

- **《秘密生活》**（小说）
  【匈牙利】马利亚什·贝拉 著　　余泽民 译

- **《蓝色阁楼寻梦》**（小说）
  【罗马尼亚】阿德里亚娜·毕特尔 著　　陆象淦 译

- **《两天的世界（上、下）》**（小说）
  【罗马尼亚】乔治·伯勒伊泽 著　　董希骁、【罗马尼亚】梅兰（Mara Arion）译

- **《生命边缘的女孩》**（小说）
  【罗马尼亚】米尔恰·格尔特雷斯库 著
  张志鹏、林惠芬、陈进、李昕 译

- **《希特勒金钱》**（小说）
  【捷克】拉德卡·德内玛尔科娃 著　　姜蔚茜 译

第七辑

- **《致爱丽丝》**（小说）
  【匈牙利】萨博·玛格达 著　舒荪乐 译

- **《对欢乐史的贡献》**（小说）
  【捷克】拉德卡·德内玛尔科娃 著　覃方杏 译

- **《患病的动物》**（小说）
  【罗马尼亚】尼古拉·布列班 著　陆象淦 译

- **《送给头儿的巧克力》**（小说）
  【波兰】斯瓦沃米尔·姆罗热克 著　茅银辉、方晨 译

- **《去往巴巴达格》**（游记）
  【波兰】安杰伊·斯塔修克 著　龚泠兮 译

- **《伊莎贝拉的中国情人》**（小说）
  【斯洛伐克】爱莲娜·西德维格优娃 著　荣铁生 译

- **《木屋旅馆》**（小说）
  【阿尔巴尼亚】迪安娜·楚里 著　陈逢华 译

- **《迟来的莫扎特》**（小说）
  【阿尔巴尼亚】巴什金·谢胡 著　李玉民 译

- **《弗拉迪米尔·霍朗诗歌精选集》**（诗歌）
  【捷克】弗拉迪米尔·霍朗 著　徐伟珠 译

- **《瓦斯科·波帕诗选》**（诗歌）
  【塞尔维亚】瓦斯科·波帕 著　彭裕超 译

· 部分书名为暂定，以出版时为准 ·